MR(上)

久坂部　羊

MR
（上）

MR（上）＊目次

主要登場人物

紀尾中正樹——天保薬品堺営業所・所長
池野慶一——同右・チーフMR
市橋和己——同右・池野チームのMR
山田麻弥——同右・池野チームのMR
牧健吾——同右・池野チームのMR
野々村光一——同右・池野チームのMR
肥後准三郎——同右・チーフMR
殿村康彦——同右・チーフMR
万代智介——天保薬品・代表取締役社長
栗林哲子——同右・経営企画担当常務
五十川和彦——同右・総務部長

田野保夫——同右・大阪支店・支店長
有馬恭司——同右・新宿営業所・所長
平良耕太——同右・創薬開発部・主任
鮫島淳——タウロス・ジャパン・営業課長
乾肇——泉州医科大学・学長
八神功治郎——北摂大学・代謝内科教授
岡部信義——阪都大学・代謝内科教授
守谷誠——同右・代謝内科准教授
堂之上彰浩——同右・代謝内科講師
安富匡——同右・生命機能研究センター長

1　脱落者

日本の製薬業界は市場規模が約十兆円と言われ、大手のトップスリーは年間の総売上がいずれも一兆円を超える。各社は地域ごとに支店を持ち、その下に営業所を配して、病院向けの薬の販売にさまざまな活動を行っている。もちろん、患者に直接薬を売るのではなく、処方してくれる医師にアプローチするのである。

営業を担当するのは、「ＭＲ」と呼ばれる社員たちだ。

ＭＲとはメディカル・リプレゼンタティブの略で、日本語では「医薬情報担当者」と訳される。かつては宣伝担当者（プロパガンディスト）の意味で「プロパー」と呼ばれたが、医師への過剰な接待攻勢で、癒着や安全性の無視などが問題になったため、一九九三年に、「日本製薬工業協会（製薬協）」が自主規制する形で、プロモーションコードを作成した。

それにより、プロパーは厳しいルールの下でしか営業活動のできない「ＭＲ」に変わったのである。

＊

大阪の「くすりの町」、道修町《どしょうまち》に本社を置く天保薬品《てんぽうやくひん》は、その名の通り、天保十二年（一八四一年）創業の老舗《しにせ》である。

年間総売上は三千二百億円、経常利益八百四十億円で、業界第九位の準大手に位置づけられている。本社ビルは創業の地、道修町一丁目に、先代の社長が旧社屋を取り壊して新しく建て替えた。老舗らしく、外壁とエントランスに木材を多用した和風のファサードを持つ十二階建てである。

三千百六十五人の従業員のうち、MRは約千三百人。外資の参入、大手の吸収合併が進む製薬業界で、天保薬品が独立を保ってこられたのは、ひとえにいくつかのテッパン医薬品と、優れた人材登用による巧妙な経営方針の賜物《たまもの》である。

因《ちな》みに、大阪市中央区の道修町が「くすりの町」と称されるのは、江戸時代に薬の検品を行う「和薬種改会所《わやくしゅあらためかいしょ》」が、この地に設けられたことによる。日本で商われるすべての薬は、いったんここに集められ、品質と分量を保証されてから全国に流通したのである。

天保薬品の大阪支店・堺《さかい》営業所は、南大阪地区の中心となる営業所である。

所属するMRは、所長の紀尾中正樹《きおなかまさき》以下十六名。三人のチーフMRの下、それぞれ四名のMRが一つのチームを作っている。

午前七時十五分。紀尾中は朝いちばんに出勤して、人気《ひとけ》のない大部屋を通り抜け、所長室にこもる。始業時刻は午前九時だが、だれもいないこの時間が、もっとも仕事がはかどるのだ。

紀尾中は現在、四十六歳。堺の営業所長になって二年がたつ。所長としては二カ所目で、最初は東大阪の営業所で四年務めた。四十歳での所長抜擢は、異例の早さといっていい。

国立阪都《はんと》大学の法学部出身の彼が、製薬会社に興味を持ったのは、ひとつには年収の高さに惹《ひ》かれたからだ。銀行や証券会社も高年収だったが、金融はマネーゲームのようで食指が動かなかった。何か人のためになる仕事をしたいと考えていた彼は、医療か福祉をイメージしていたが、今さら医師や看護師になれるわけもなく、福祉は役所でも民間でも規則に縛られる。そう思っていたとき、たまたま製薬会社の企業説明を聞いたのだった。MRという仕事を知り、医療に関わりながら、年収も金融関係に負けないほどだと知り、大きく気持が動いた。

天保薬品を選んだのは、OB訪問でたまたま顔見知りの先輩がいたからだ。同じ法学部で、学生のときから優秀だと評判の先輩だった。天保薬品は最大手ではないが、社風は誠実で、老舗でありながら、創薬開発などの未来志向もあるところに惹かれ、第一志望にした。

現在、紀尾中の最大の関心事は、今年四月に発売になった新薬、《バスタ−5》のガイドライン収載である。

高脂血症の画期的な新薬バスタ−5には、紀尾中自身、特別な思い入れがあった。開発のきっかけが、彼のアイデアからはじまったからである。その新薬が高脂血症の「診療ガイドライン」に収載されるか否かで、今後の売り上げに大きな影響が出る。

診療ガイドラインとは、各疾患の専門学会が、診断や治療の根拠となるように定めた指針で、ネットでも閲覧できるが、多くは冊子として各病院に常備されている。いわば正規治療のお墨付きで、ガイドラインに「第一選択」として記載された薬剤は、日本中の医師によって処方されることになる。

発売から半年のバスタ−5の売り上げは、現在百五億円。決して悪い数字ではないが、ガイドラインの第一選択に記載された場合、年間の売上予測は、現在の二百十億円から一千二百億円になると見込まれる。一気に五倍以上に跳ね上がる計算だ。

何としても自らの手でそれを成し遂げたいが、来年六月のガイドライン改訂に向けて、本社がどのような戦略を取るか、未だ決定が下されていなかった。

次に紀尾中が気を揉んでいるのは、現在、進行中の薬害訴訟の高裁判決である。メディア等で、「《イーリア》訴訟」と呼ばれる裁判で、この二月に下された一審判決では、天保薬品に一部賠償責任が課せられた。

天保薬品が発売したイーリアは、肝臓がんの分子標的薬で、これまでの抗がん剤にはないがんを狙い撃ちする効果をもたらして「夢の弾丸」とまで称された。ところが、劇症肝炎《げきしょうかんえん》の副作用が出て、死亡した患者の遺族が、大阪と東京で訴訟を起こしていた。

天保薬品は一審判決を不服として、即日、控訴した。亡くなった患者と遺族のことを考えれば心苦しいが、製薬会社にとって薬害訴訟は社運を左右する重大な問題だ。イーリアについては、紀尾中が直接関わったわけではないが、まったく無縁というわけでもなかった。むしろ裁判の争点になっている添付文書（薬の説明書）の内容に、彼自身、無念の思いがあった。添付文書の作成で、彼の主張が通らなかったことが、薬害の被害者をここまで怒らせることにつながったからだ。

社運を左右すると言えば、新薬の開発研究支援も、紀尾中の頭を悩ませている。彼が目をつけ、本社の創薬開発部につないだ研究は、イーリアとはまた別のがんの治療薬で、免疫療法と放射線治療を組み合わせたまったく新しい薬剤である。大学と本社の共同研究になっているが、それが今、暗礁に乗り上げているのだ。

せっかく有望な薬なのに、ここで会社が大学への支援を打ち切れば、夢の治療薬も幻で終わってしまう。なんとか壁を乗り越えて、実用化にこぎ着けたい。そうすれば、これまで助からなかった患者を救うことができる——。

いくら紀尾中が気を揉んだところで、研究が進むわけでもなく、裁判の判決も、ガイドラインの収載も、いずれも一朝一夕に解決する問題ではない。どの業界も同じだろうが、中間管理職の立場では、頭上に重い石を載せられたような思いで、日々の仕事をこなしていくしかないのが現実だった。

そんな山積みの懸案とは別に、すぐ目の前にも困った状況が発生していた。つい先週、若手のMRが、担当の病院で院長に怒鳴られたことを苦にして、会社をやめたいと言ってきたのだ。MRなら医者に怒鳴られるくらい屁でもないと思わなければやっていけないが、ほかにも悩みがあったのか。

その若手MRの慰留は、チーフMRの殿村康彦《とのむらやすひこ》に任せた。若干、不安はあるが、まずは直属の上司に担当させるべきだろう。

あれこれ考えているうちに時間がすぎ、間もなく八時半になろうとしていた。

ノックが聞こえ、「どうぞ」と応えると、その殿村が入ってきた。首尾はどうだったのか。目を合わせても、表情が読み取れない。ニワトリのようにせわしなく首を動かすばかりで、結果が顔に出ないのが殿村だ。

とりあえず報告を聞くため、椅子を勧める。扉の向こうでは、そろそろ出勤しはじめたほかのMRたちの話す声がかすかに聞こえた。

＊

月曜日の朝、営業所の一週間は、全体ミーティングからはじまる。

ミーティングエリアは三階フロアの大部屋の角にあり、晴れた日には南東向きの窓から明るい光が差し込む。コの字形に並べたテーブルで、MRたちが出勤した順に着席し、ウォーミングアップを兼ねた雑談をはじめる。

「おはようございます。池野《いけの》さん、早いですね」

営業所で最年少MRの市橋和己《いちはしかずみ》が、チーフMRの池野慶一《けいいち》の二つとなりに座った。

「新人ならいちばんに来て、お茶くらい淹《い》れてもバチは当たらんぞ」

今どきお茶くみなど命じたら即パワハラだから、池野のセリフはもちろん冗談である。市橋も軽くふて腐れてみせる。

「いつまでも新人扱いしないでくださいよ。僕だって現場に出てもう半年なんですから」

薬学部卒の市橋は、昨年の入社後、順調にMR試験に合格して、この四月に晴れてMRの認定を受けた。薬学部は六年制で、さらに大学院にも二年行ったので、まもなく二十八歳になる。

一方、三十八歳の若さでチーフMRになっている池野は、入社三年目に北大阪地区で売り上げトップを記録したやり手である。短軀《たんく》だが行動力は抜群で、経済学部出身だからMR試験には苦労したようだが、資格の取得後は持ち前の優秀さを発揮し、今も売り上げを伸ばしている。紀尾中の信頼も厚く、いわば所長の右腕的な存在だ。

続いてやってきた女性MRの山田麻弥《やまだまや》は、いつも通り一分の隙もないビジネススーツに切り詰めたショートボブで、上司の池野のとなりに座った。ほかのMRには目もくれず、池野にだけ挨拶をして堂々ととなりに座るのは、実績に対する自信の表れだろう。吊り目の美人だが、男嫌いで通っており、セクハラには常に厳しい態度で応じる。池野と同じく経済学部の出身だが、そこらのリケジョが裸足で逃げ出すほど薬学の知識は豊富だ。

彼女は市橋の三年先輩にあたるが、大学を卒業後、新聞社に三年勤めてからMRに転職した変わり種である。彼女が新聞社をやめたのは、あまりに欺瞞《ぎまん》的な社風に嫌気がさしたからだという。ブラック企業を糾弾しながら、自社の記者には過重労働を強いるとか、女性の活躍の場を広げるべきだと主張しながら、女性管理職の割合がいっこうに増えないとかだ。

「ふわぁ。また一週間がはじまるなぁ」

テーブルに着くなり、あたり構わぬ大あくびをしたのは、最年長チーフMRの肥後准三郎《ひごじゅんざぶろう》である。上昇志向ゼロの万年ＭＲ。百八十七センチの長身なので、どこにいても目立つが、醸し出す雰囲気は五十三歳の実年齢よりかなり老けている。

「殿村はまだ来てへんの？」

肥後が大阪弁丸出しで池野に聞く。ほかのＭＲたちは、関西のイントネーションながら標準語を使うのに、南河内《かわち》出身の肥後だけは改めようとしない。ガラの悪い河内弁を使わないだけましと、開き直っているようだ。

「殿村さんならもう来てますよ。例の村上《むらかみ》の件で所長室に入っていきました」

池野が答えると、肥後が「ああ……」と口元を歪《ゆが》めた。若手ＭＲの村上理《おさむ》が先週末、突如、会社をやめると言いだしたことは知られていたが、詳細は伝わっていなかった。

「業界でもＭＲ不要論とかがささやかれてるから、将来を悲観したんやろか」

「さあ――」

雰囲気が悪くなりかけたのを察してか、市橋が池野に話しかけた。

「今年はインフルエンザの流行が低調らしいですね。重症化も少ないみたいでよかったです」

山田麻弥がすかさず刺すような視線をよこす。

「市橋君、本気で言ってるの？　だとしたら、認識不足も甚だしいわね。インフルエンザの流行が低調なのは、我が社にとっては憂慮すべきことじゃない」

「あ……」

そこまで言われれば、市橋も察しがつく。インフルエンザの治療薬《リスロン》が、天保薬品の製品だからだ。

市橋に厳しいセリフを放ったあと、山田麻弥が先輩MRたちに向けて言った。

「いちばん問題なのはワクチンですね。インフルエンザの流行を煽《あお》るのは無理としても、患者を増やすためには、なんとか予防接種にブレーキをかける必要があります」

率直すぎる物言いに、何人かが苦笑したが、山田麻弥はまじめな顔で続ける。

「考えられる方法は二つ。ひとつはワクチンの副作用です。日本人は絶対安全信仰が強いから、副作用の噂が広がると、予防接種を受ける人は減るでしょう。もうひとつはワクチンがあまり効かないという宣伝です。実際、予防接種をしてもインフルエンザにかかる人はいますから」

「ワクチンの副作用で二、三人死んでくれたら、手っ取り早いんやけどな」

肥後が不謹慎な合いの手を入れると、同様の発言が続く。

「死ななくても、麻痺とか認知症でもいいな」

「ワクチンに不純物が混じっているとか」

「百人に一人アナフィラキシー・ショックが起こるとか」

冗談とも悪ふざけともつかない雰囲気に、市橋は反発を感じて言った。

「インフルエンザで苦しむ人のことは考えなくていいんですか。子どもやお年寄りは命の危険もあるでしょう」

山田麻弥が即座に反論する。

「バカね。何も患者を放っておくとは言ってないでしょ。うちのリスロンで症状が治まれば、感謝されるじゃない。わたしたちは病気の治療に貢献しているのよ。単に患者が増えればいいと思ってるわけじゃない。でも、病人がいないと製薬会社は儲からない。それはドクターだってナースだって薬剤師だって同じでしょ」

市橋は言い返せず唇を嚙む。

「いつもながら麻弥ちゃんはシビアやなあ。それにしても、所長は何をしてるんや。もうそろそろ九時十分になるで」

肥後が気怠そうに壁の時計を見上げたとき、所長室から紀尾中と殿村が出てきた。

「お待たせして申し訳ない。殿村チーフから詳しい報告を受けていたものだから」

紀尾中の声はソフトだが説得力がある。いつも微笑んでいるような顔は、ギリシャ彫刻のアルカイック・スマイルを思わせ、その笑顔はよほどのことがないかぎり崩れない。

奥の指定席に座ると、テーブルの上で両手を組み、ひとつため息をついて言った。

「ミーティングの前にみんなに報告することがある。残念だが、村上君がやめることになった。殿村チーフが慰留してくれたんだが、翻意させることはできなかったようだ」

「理由は何ですの」

肥後がみんなを代表するように訊ねた。

「先週の金曜日に、康済会《こうさいかい》病院の立岩《たていわ》院長に怒鳴られたんだ。ニヤニヤするなと言って」

参加者の間に、そんなことぐらいでという空気が広がる。紀尾中が補足した。

「立岩さんは気むずかしい人だからな。村上君はふつうに一礼しただけなのに、『何だ、その顔は』と怒鳴られたそうだ。弁解しかけると、立岩さんはさらに激高して、『どこのMRか知らんが、態度の悪いヤツは出入り禁止だ』と言ったらしい」

「出禁でショックを受けたんですか。ちょっと繊細すぎるんとちがいますか」

肥後はあきれたが、ほかのMRたちはボヤくように言った。

「立岩院長は機嫌が悪いと、すぐMRに当たるんです。僕も『その派手なネクタイは何だ』と怒鳴られて、ネクタイを引っ張られました。それ以後、康済会病院に行くときはわざわざ灰色のネクタイに替えるんですから」

「ネクタイならまだいいよ。俺なんかコーヒーをぶっかけられたからな。新薬の説明会で、資料の字が小さいと言いだして、申し開きしようとしたら、口答えするのかっていきなりカップのコーヒーをぶちまけたんだ。何するんだって頭に来たけど、口が反射的に動いて『申し訳ありません』って最敬礼したよ。いやだね、ＭＲ根性は」

身に覚えのありそうな何人かが苦笑する。

池野が肥後に説明するように言った。

「村上はお坊ちゃまですからね。実家が薬局のチェーン店を経営していて、無理にＭＲを続けなくてもいいんですよ」

「そら羨ましいかぎりやな」

「肥後さんの若いころは、もっとひどい目に遭ったＭＲもいたんじゃないですか」

池野が聞くと、肥後は得々と語りだした。

「おったおった。そのころはプロパーやけどな、無理にモノマネをやらされたり、新婚の夜の生活をしゃべらされたり、医者の食い残したラーメンを食べさせられたりしとった。不細工とか、短足とか、キューピーとか呼ばれたヤツもおった。返事が遅いと怒鳴られるし、話しかけても無視されて、一時間以上、壁際に立たされてたのもおった」

「接待とか贈り物なんかも、ひどかったんでしょう」

「もちろんや。春の花見から、夏は花火大会、秋は松茸狩り、冬はてっちりにカニツアーで、間で高級ステーキ、すき焼き、中華やフレンチのフルコースなんかも食べさせる。贈り物はゴルフセットやブランド品、ウイスキーにブランデー、コンサートや野球のネット裏のチケット、奥さま向けに香水やら高級鍋を手まわしして、便宜供与もタクシー代わりの送迎、夜食の差し入れ、タバコの使い走りから、引っ越しの手伝い、本の整理、果ては家の植木の水やりに、犬の散歩までやらされとった。どれもこれも自社の薬を処方してもらうためや。わしらは奴隷兼太鼓持ちも同然やった」

市橋は青い顔で聞いていたが、山田麻弥は「今ならパワハラ、モラハラで、即、訴えられますね。そんな時代にMRにならなくてよかった」と、どこ吹く風だった。

紀尾中がため息まじりに話をもどす。

「村上君は薬の知識も豊富だし、信頼関係のあるドクターも多かったから、なんとかやめずにいてほしかったんだが仕方がない。それじゃ、ミーティングをはじめようか」

いつも通り、各チームのMRが活動状況と処方実績を報告する。

市橋はやめた村上のことが頭から離れなかった。村上は二年先輩で、辞職は他人事《ひとごと》ではない。市橋自身、厄介な問題を抱えていたからだ。ふと父親の言葉がよみがえる。

――和己。やめ癖だけはつけるなよ。

細身の市橋は体育会系には縁がなさそうに見えるが、小学生のときは子供会の野球チームでエースとして活躍した。父もそれを喜び、投球練習の相手をしてくれた。しかし、中学の野球部に入ると、彼より球の速いピッチャーがいて、打撃でも勝てなかった。そんなとき、百メートル十一秒台の俊足を買われて、市橋は陸上部に転部した。すぐに短距離のエースになり、ふたたび父を喜ばせたが、高校で陸上部に入ると、ここでも市橋より速い選手がいた。父にタイムを計ってもらい、筋力トレーニングを続けたが勝てない。そこで高校一年の終わりに、勉強に専念するため、陸上部をやめたいと言ったのだ。

父は止めなかった。ただひとこと、先の言葉を告げただけだ。

そのとき、父は腺様嚢胞《せんようのうほう》がんという珍しい病気にかかっていて、すでに肺にも転移していた。大学病院で治療したが、急速に悪化して、市橋が高校二年の半ばに亡くなった。やめ癖をつけるなというのは、父の遺言も同然だった。だから、ＭＲの仕事もおいそれとやめるわけにはいかない。

「今日のところはこれくらいだな。みんな、今週もしっかり頑張ってくれ」

いつの間にかミーティングは終了しており、各自が自分の机にもどりはじめた。全体ミーティングのあとは、チームごとの打ち合わせだ。

気が重い。それでも逃げるわけにはいかないと、市橋は池野のあとに従った。

2　処方ミス

池野のデスクの周囲には、チームのメンバーが椅子を運んで集まっていた。

「報告、わたしからでいいですか」

山田麻弥が膝に置いたタブレットを見ながら、テキパキとデータを読み上げた。卸《おろし》業者の納入実績、薬歴管理、顧客情報。すべての項目に問題はなさそうだ。

次に報告したのは、チーム内で唯一の家族持ちである牧健吾《まきけんご》だ。牧はMRとしては珍しい文学部の出身で、生まじめな性格なので、市橋にも親切に接してくれる。家庭的なタイプで、スマホの待ち受け画面は七歳と九歳の娘だ。夫人が専業主婦でいられるのも、三十五歳にして年収が九百万円を超える優秀なMRならではだろう。牧の活動内容にも問題はなく、報告は数分で終わった。

続いて口を開いた野々村光一《ののむらこういち》は、牧と同い年だがバツイチで、優雅な独身生活を謳歌している。理学部卒だが、やや軽薄なところがあり、牧とは対照的にノリで仕事をするタイプだ。

「納入伝票の登録と振り分けは、時間を見てやりますんで、あとは何かあったらよろしく」

野々村が報告を終えると、池野は順調な運びに気をよくして軽く言った。

「じゃあ、最後は市橋だな」

市橋は「ちょっと困ったケースがありまして」と視線を下げた。

「南区の伊達《だて》医院ですが、《ポルキス》が効かないと言うんです。三人の患者さんに使って、三人とも熱が下がらなかったって」

ポルキスは天保薬品の抗生剤で、抗菌力の強いセフェム系の第三世代である。池野が眉をひそめて聞く。

「使った患者は？」

「二人は細菌性の肺炎で一人は扁桃腺炎です」

「じゃあ、効かないはずないだろ」

「だから、先生にどんな処方をされましたかって聞いたら、俺の出し方が悪いとでも言うのかって怒鳴られて――。すぐ謝りましたが、近くの調剤薬局に確認したら、案の定、一日一カプセルの過少投与でした」

抗生剤の中には一日一回のものもあるが、ポルキスは一日三回が通常処方だ。それじゃあ効くはずないよなという雰囲気がメンバーに広がる。

「薬剤師は何も言わなかったのか」

おかしな処方箋を見たら、薬剤師が医師に問い合わせて確認するのがふつうだ。

「伊達先生は前にも同じようなミスがあって、訂正を申し入れたら、これが俺の処方なんだ、余計な口出しをするなって、逆ギレされたそうです。それ以来、薬剤師さんも伊達先生には何も言わないようにしているらしいです」

「いるいる、そんなヤツ。ぜったいミスを認めず、まちがいを指摘したら激怒する医者」

「異様にプライドが高いんでしょうね。まちがいは認めたほうが自分のためなのに」

野々村と牧がそれぞれにあきれる。

「しかし、このままだと伊達先生はポルキスを処方しなくなりますよ。いいんですか」

市橋が池野に指示を仰ぐと、横から山田麻弥が斬り込んだ。

「そんな医者、相手にしなきゃいいじゃない。どうせ時代遅れの年寄りでしょ」

伊達は六十三歳で、たしかにもう若くはない。開業して二十五年のベテランで、医師会にもよく顔を出している。

「ポルキスは薬価が高いから、処方されないのは惜しいな。それにこのまま放置したら、伊達先生は医師会でポルキスは効かないと吹聴するかもしれん。逆に、ほかの医師からミスを指摘されたら、なんでMRは教えてくれなかったと、逆恨みする危険性もある」

池野の指摘に、野々村がからかうように言う。

「やっぱり、市橋が過《あやま》ちを正して差し上げるのがいいんじゃないか」

「いや、市橋君は一回怒らせてるから、やはり薬剤師さんに頼むのがいいんじゃないですか」

牧の助け船に市橋が顔を歪める。

「伊達先生は調剤薬局のブラックリストに載っているらしくて、みんな関わりを持ちたくないみたいです」

「どうした。何か困りごとか」

所長室から出てきた紀尾中が、池野たちの話を聞きつけて足を止めた。

「市橋が担当している開業医で、処方ミスがありまして」

池野が概略を話すと、紀尾中は低く唸った。

「ここは相手を怒らせずに、まちがいを認めさせる方法を考えないといかんな。伊達先生の評判はどうだ。診療に熱心なタイプか」

「いえ。あんまりやる気ないみたいです」

紀尾中は伊達の性格や家族構成、医院の跡取りなどの状況を訊ねた。

「どうも使えるネタはなさそうだな。伊達医院は自宅と同じ敷地にあるのか」

「はい。医院の出入り口とは別に立派な玄関がありますす。そう言えば、駐車場の向こうにバラ園みたいな庭がありました」

「バラ園？　先生が自分で育てているのか」

「たぶん。前に剪定《せんてい》をしているところを見ましたから」

紀尾中は目線を逸らし、ひとつうなずいてから言った。

「じゃあ、午後からいっしょに行ってみようか。うまく話せるかもしれない」

＊

紀尾中の胸中にあったのは、バラ好きの人間のマニア性だった。バラの愛好家は、とかく種類や育て方にこだわりを持つ者が多い。昼食を早めにすませると、紀尾中は市橋の運転で堺市南区三原台《みはらだい》の伊達医院に向かった。

市橋が不安そうに聞く。

「アポなしで会ってくれますかね」

「大丈夫さ。医院に行くわけじゃないから」

泉北《せんぼく》一号線を南下すると、泉北ニュータウンに入った。ニュータウンと言っても、開発されたのは五十年以上も前だから、高層マンションなどは見当たらない。それでも道路は広く、緑も豊富で、どことなくアメリカ西海岸っぽい雰囲気を漂わせている。坂道を登り切ったところで信号を左折すると、住宅街の一角に伊達医院はあった。

時刻は午後一時十五分。患者の多いクリニックなら、午前診がまだ続いている時間だが、あまり診療熱心でない伊達医院なら、診察も昼食も終わっているだろう。

紀尾中は市橋に命じて、伊達のクリニックではなく自宅の側に車を停めさせた。駐車場に古いタイプのベンツが横向きに停めてある。バラ園は駐車場の柵の向こうだ。

「おあつらえ向きに道からよく見えるな」

人気のないのを確認すると、紀尾中は駐車場のアルミフェンスを開いて中に入った。

「所長、まずいですよ。もどってください」

慌てる市橋を尻目に、紀尾中はベンツの向こうにまわり込み、柵越しにバラを眺めた。あちこちに視線を向けては、スマートフォンと見比べる。

しばらくすると、母屋から伊達が出てくるのが見えた。アポロキャップをかぶり、グリーンのエプロンをつけて、革手袋に剪定の道具を持っている。市橋は思わず車の陰に身を隠したが、紀尾中は逆に、「こんにちは」と大きな声で挨拶をした。

伊達が驚いて立ち止まる。

「あんた、そんなところで何をしてる」

「失礼しました。あんまりバラがきれいなので、つい近くで拝見したくなりまして。いやあ、聞きしに勝る素晴らしさですね」

伊達は警戒心を解かずに紀尾中をにらみつける。紀尾中は動じず、名刺を取り出して、柵越しに両手で差し出した。

「申し遅れました。私、天保薬品の堺営業所所長をしております紀尾中と申します。伊達先生にはうちの市橋がたいへんお世話になっております。実は、市橋から先生のお宅には素晴らしいバラ園があると聞きまして、以前から見せていただきたいと思っておりましたところ、たまたまこちらに仕事がありましたので、寄せていただいた次第です。お忙しい先生のお邪魔をしてはいけないと、道路から拝見させていただくつもりが、あまりの美しさについご無礼をしてしまいました。どうぞご寛恕《かんじょ》のほどお願いいたします」

紀尾中が最敬礼すると、伊達は名刺を確認して、わざとらしい咳払いをした。

「あんたもバラが好きなのか」

「もっぱら見るだけですが、十月のこの季節でもイングリッシュ・ローズは楽しめますからね。デビッド・オースチン」

「よく知ってるじゃないか。中へ入って見るか」

「よろしいんですか。ありがとうございます。実は市橋も来ておりまして。おい、入らせてもらえ」

紀尾中が呼ぶと、市橋はそそくさと駐車場に入ってきた。柵の横にある出入り口からバラ園に入り、伊達に向かって頭を下げる。

「突然、お邪魔して申し訳ありません」

「かまわんよ。君にも見せてやる。俺の自慢のバラ園だ」

伊達は気さくに言い、庭の奥に進んだ。煉瓦《れんが》で囲んだ花壇に色とりどりのバラが咲き乱れている。

伊達はアーチに絡んだオレンジ色のバラを自慢げに指さした。

「どうだね。このグラハム・トーマス。つるバラでもこんな大輪に育つんだ」

「すごいですね。市橋、見てみろ。この花弁の充実していること」

花弁が折りたたまれるように詰まっているのを見て、市橋は演技ではなさそうな声をあげた。

「こんなきれいなバラ、見たことがありません」

「そうだろ。これがデビッド・オースチンの特徴だ」

紀尾中が濃いピンク色の花に顔を近づけて言った。

「こちらも素晴らしいですね。ガブリエル・オークですか」

「似ているがちがう。ボスコベルだ。この中心部の花弁を見たまえ。星形に広がった花びらの縮れ具合が絶妙だろ」

どこが星形かよくわからないが、紀尾中は感心したようにうなずいた。伊達はさらに鉢植えの小ぶりのバラを持ってきて、紀尾中に差し出した。

「これは二年前、近畿バラ展示会の芳香部門で銀賞を取った鉢だ。花名は『レディ・マドンナ』。今は香りもイマイチだがね」

紀尾中は手のひらで花を扇《あお》いで感嘆の声をあげる。

「まるで天上の香りです。市橋、君も嗅がせてもらえ」

「はあー。すごいです。くらっと来ました。なんか、こう幸せを感じますね」

臭い演技で紀尾中はヒヤリとしたが、伊達は満面の笑みでうなずいている。ことバラに関しては、見え透いたお世辞も心からの賛辞に聞こえるのだろう。

ひとしきりバラをほめたあと、紀尾中は伊達に向き直って言った。

「ところで、この市橋は先生のお役に立っておりますでしょうか」

「よくやってくれているよ。まあ、若いから経験不足のところもあるがね」

伊達の上機嫌がややトーンダウンする。紀尾中は素知らぬ顔で話を変える。

「弊社ではただ今、薬の過剰投与を減らすことを目指しておりまして、特に抗生剤を問題視しております。ご承知の通り、日本は海外に比べて抗生剤の投与量がダントツに多いですからね」

伊達は何の話かと、訝《いぶか》しげな表情を浮かべる。

「市橋にも常々、申しているのですが、抗生剤が多用されると、耐性菌の問題もありますし、医療費の増大にもつながります。にもかかわらず、未だに抗生剤を求める患者さんが多い。先生の医院でもそうではありませんか」

「抗生剤はよく効くと思っとる患者が多いからな」

「困るのは風邪の患者さんですよね。抗生剤はウイルスが原因の風邪には効かないと説明しても納得しない。それで処方しないと、帰ってからあそこの先生は抗生剤を出してくれないと言いふらす。こう言ってはなんですが、患者さんはゴキブリと同じだから困りますよね」

「ゴキブリ？」

「ええ。ゴキブリは台所で一匹見つけると、三十匹隠れていると言うでしょう。一人の患者さんが悪い評判を広めると、三十人の患者さんが来なくなりますから」

「ハハハ。たしかに」

伊達がふたたび機嫌のいい顔になる。

「それで弊社のポルキスも、通常は一日三カプセルなんですが、一日一カプセルでもいいんじゃないかという意見が医薬研究部のほうから出まして、今度、治験をはじめる計画があるんです。一カプセルで効果が期待できれば、それに越したことはありませんからね」

身に覚えのある伊達はうなずきもしない。紀尾中は何食わぬ顔で続ける。

「慎重な先生方の中には、すでに投与量を減らしている方もおられます。ただ、効果の問題もありますから、むずかしいところです」

伊達は何かを思い巡らせるような表情でバラに視線を移すが、その目は虚ろだ。紀尾中は口元にだけ笑みを浮かべた。たぶん言いたいことは伝わったはずだ。

わずかな間を置いて、紀尾中ははっと気づいたように腕時計を見た。

「とんだお時間をいただいてしまいました。せっかくのバラ園ですのに、仕事の話をしてしまい、申し訳ございません。これだけ立派なバラでしたら、入場料を取ってもよろしいんじゃないですか」

ふたたび紀尾中はヨイショモードにもどるが、ポルキスのことが頭に引っかかっていそうな伊達は、中途半端な笑みで答える。

「入場料を払う者などおらんよ。道からいくらでも見えるんだから」

「先生のご人徳ですね。手間も経費もかかっているでしょうに、惜しげもなく公開される。この地域にお住まいの方は、こんなきれいなバラを自由に楽しめて幸せですね」

紀尾中がまくしたてると、ようやく伊達の顔に明るさがもどった。

帰りの車の中で、市橋が聞いた。

「伊達先生、処方を訂正してくれますかね」

「さあな。だけど、ポルキスが一日三カプセルということは認識しただろう。まちがいを認めてもらうためには、相手の顔をつぶさないことが大事なんだ」

「それにしても、所長はバラのことに詳しいんですね。驚きました」

「別に詳しくはないさ。ただうちの妻がバラ好きで、ベランダで挿し木なんかして、いろいろ自慢話を聞かされるから、デビッド・オースチンくらいは知っていた。あとは昼休みにネットで知識を仕入れて、先生が出てくるまでに目についたバラの名前をスマホで調べたのさ」

——ＭＲなら一時間前に知ったことでも、十年前から知ってたように言えなきゃだめだ。

紀尾中が若いころ、先輩ＭＲから教わったことだ。市橋に伝えると、手品の種明かしを見せられたように感心し、そのあとでやや不服そうな声をあげた。

「でも、患者さんをゴキブリ扱いするのはひどいんじゃないですか」

紀尾中は市橋を見て口元を緩めた。見込みのある部下には、多少ダーティなことを教えても大丈夫だろう。そっと耳打ちをするように言った。

「仕事熱心でない医者ほど、患者の悪口を喜ぶんだよ」

翌週、さっそく伊達がポルキスの処方を改めたと、市橋が報告してきた。

「調剤薬局の薬剤師さんも喜んでいましたよ。よかったです」

困った医者はどうしようもないが、まわりはみんな患者のことを考えているのだと、紀尾中は密かに満足した。

「あれから伊達先生は、バラの話さえすれば機嫌がよくなるので、営業がしやすくなりました」

喜ぶ市橋に、紀尾中は釘を刺した。

「患者さんをゴキブリ扱いするのは、最後の手段にしておけよ」

3　地獄の駐車場

市橋和己はMR一年目なので、病院ではなく開業医を担当している。堺市内を中心に二十二カ所。開業医は個性もいろいろで、MRに理解のある者もいれば、MRを邪魔者扱いする医師もいる。これから向かう中区土塔《どとう》町の山脇《やまわき》クリニックは、特に対応がむずかしい相手だった。

院長の山脇は四十一歳で、開業八年目。三十三歳での開業は早いほうだが、患者数は順調に伸び、今は脂の乗りきった状況である。筋肉質の身体《からだ》に日焼けした顔で、医師というよりジムのインストラクターといったほうが似合うような外見だ。性格も見た目の通り、さっぱりしているように見せているが、実は陰湿で意地も悪い。市橋は最初の挨拶のときからミソをつけてしまった。

「君、この町がどういうところか知ってる？」

「土塔《どとう》で有名な土塔町ですね」

「土塔はだれが造ったか、もちろん知ってるよね」

その問いに答えられなかった。

土塔は国の史跡に指定されている土盛りの仏塔で、造営したのは奈良時代の高僧行基《ぎょうき》だ。

「そんなことも知らないで堺でMRをやってくつもりか。勉強不足だ。出直してこい」

そう言われて、自己紹介も十分できないまま引き下がった。

次の訪問では、駐車場でミスをした。山脇クリニックは正面の敷地が狭いため、建物の裏に駐車場がある。そこに車を停めていると、二階の窓から見ていた山脇が怒鳴った。

「そこは患者用の駐車場だ。だれに断って停めてるんだ」

「すみません。車を停めてから許可をいただこうと思って」

「順序が逆だ。すぐに出せ」

仕方なく、休診時間でガラ空きの駐車場を出て、近くのコインパーキングに入れた。このときは土塔のことは完璧に調べていたが、駐車場のことを責められ、話を盛り上げることができなかった。

それでも市橋はなんとか関係を改善しようと、機会を見つけては山脇クリニックに顔を出した。アポに厳格な医師もいるが、適当に顔を出したほうがいい医師もいる。山脇は後者なので、近くを通ったときは必ず寄ることにしていた。

しかし、今日はきっちりアポを取っての訪問である。理由は先月、山脇クリニックで突如、《ロキスター》の仕入れがゼロになったからである。

消炎鎮痛剤のロキスターは、天保薬品のテッパン商品のひとつで、山脇クリニックでも毎月五百錠は出ていた。それが急にゼロになったということは、山脇が切ったからにほかならない。理由は何か。それを探るためにアポを申し込んだのである。

コインパーキングに車を停めて、クリニックに近づくと、裏の駐車場から軽乗用車が出てきた。フロント越しに見えたのは知った顔だ。

――朝倉《あさくら》製薬の世良《せら》俊次《しゅんじ》。

若手MRの交流会で一度会ったが、どことなく横柄でいい印象を持てなかった。すれちがう瞬間、世良も市橋に気づいたのか、頬骨の出た貧相な顔に薄笑いを浮かべた。

――何だ、今のは。

不快だったが、気持を切り替えてクリニックの玄関を入った。受付で声をかけると、看護師長が明るく出迎えてくれた。

「市橋君。先生は今、上でシャワーを浴びてるから少し待っててね」

看護師長は五十代前半の気さくな女性で、市橋に好意的だった。

待合室のベンチで待ったが、山脇はなかなか下りてこない。そう言えば、この前も山脇はシャワーを浴びたあとらしく、髪の毛が濡れていた。なぜ昼間からシャワーを浴びるのか。

約束の時間から十五分近くがすぎて、ようやく階段にスリッパの音が聞こえた。

「市橋か。今日は用事はないよ」

「いえ、用事は私のほうにありまして」

そこではじめてアポを思い出したようだったが、むろん、失念を詫びたりはしない。

「じゃあ、診察室へでも来るか」

「さっき、朝倉製薬の世良さんを見かけたんですが、彼も来ていたんですか」

「君が見たんならそうだろ。ここまで来て顔を出さなきゃストーカーだよ」

「アハハ、たしかに」

くだらない冗談にも笑わなければならない。診察室に入ると、山脇はふんぞり返るように椅子に座った。

「で、用事って何だ」

「少々うかがいにくいことなのですが、弊社のロキスターで、何かトラブルでもあったのかと思いまして」

「別にないよ」

「ですが、急に仕入れがなくなりましたので——。ご承知の通り、ロキスターはあらゆる痛みに効果的ですし、副作用もほとんどなく、多くの先生方にご愛用いただいておりますので……」

山脇の表情が強張るのを見て、市橋は説明を止めた。

「君な、どの薬を使うかは、医者の裁量に任されてんだよ。俺は自分がいいと思う薬を使ってるんだ。それとも何か。君は俺の判断がまちがってるとでも言うのか」

「とんでもない。ですが、急に処方がなくなったのには、何か問題があったのかと思いまして」

「だから、別にないよ。ワンパターンの処方に飽きただけだ」

それ以上聞いても時間の無駄だと顔に書いてある。

「そうですか。わかりました」

今日はこれまでと、市橋は重い身体を患者用の椅子から持ち上げた。

クリニックまわりを終えたあと、卸業者に寄って営業担当に話を聞いた。すると、驚くべきことがわかった。山脇クリニックでは、ロキスターの代わりに朝倉製薬の《アルタシン》を仕入れたというのだ。さっき、世良が薄笑いを浮かべたのはそのせいだ。アルタシンは胃に負担をかけるので、胃腸薬もいっしょに処方することが多い。だから、山脇クリニックは朝倉製薬の胃腸薬《エソックス》も仕入れていた。つまり、一回の処方で朝倉製薬は二重に売り上げを伸ばすというわけだ。

営業所にもどって報告すると、池野は「やられたな」と苦い顔で舌打ちをした。

「ロキスターが切られる前に、何か兆候はなかったのか」

思い当たることはない。たぶん、世良がうまく山脇に取り入ったのだろう。

所長に報告するという池野を、市橋が引き留めた。

「この件は僕がなんとかしてみます。伊達医院のときは、所長におんぶにだっこで不甲斐なかったんです。今回は自分で解決させてください」

頼み込んだものの、具体的なアイデアがあるわけではなかった。所長だったらどうするだろうと考えるうちに、改めて尊敬の念が湧いた。

「それにしても、紀尾中所長はすごいですね」

「あの人は伝説のMRだからな。認定試験に首席で合格したあと、所長になるまでに売り上げ全国一位が二回、社長表彰が三回だからな。これからどんどん偉くなる人だよ」

若くしてチーフMRになった池野が絶賛するのだから、上には上がいるものだ。

今、すべきことはまずロキスターが切られた理由を知ることだ。ふと紀尾中がいつも言っていることを思い出した。

――医師に頼みたいことがあるときは、まず相手が喜ぶことをさがすんだ。

山脇が喜びそうなことで思いついたのは土塔だ。土塔は今、復元されてピラミッド状の各段が瓦で葺《ふ》かれている。

翌日、市橋はスケジュールを調整して、ふたたび山脇クリニックを訪ねた。その前に土塔に行き、周囲を見てまわった。復元は二面だけで、残りの二面は草が生えた土のままだ。

看護師長に院長を呼んでもらうと、山脇は二階から面倒そうな足取りで下りてきた。

「また来たのか。今日は何の用だ」

「時間があったので土塔を見てきたんです。奈良時代にあんな立派なものが造られたなんて信じられません。行基は偉大だったんですね」

思い切り感心してみせるが、反応は思わしくない。このままではロキスターのことを持ち出しにくいので、無理に話題をつないだ。

「土塔の東と北側は復元されてないようですね。やっぱり予算の関係ですかね。でも、全面を復元するより、一部を残しておいたほうが比較できて面白いですね」

「俺はな、今、昼寝をしてたんだ。用件があるなら早く言え」

「はあ、それは……」

一瞬、迷ったが、相手を刺激しないよう声を落とした。

「実は、ロキスターのことなんですが」

言い終わらないうちに、山脇が怒鳴った。

「それは昨日、言っただろ。同じ話を何度もさせるな」

「すみません」

「おまえな、下心がミエミエなんだよ。土塔の話をしたら俺が喜ぶとでも思ったのか。俺をそんな単純な人間だと思ってんのか」

「いいえ。申し訳ありません」

最敬礼をしたが、山脇の怒りは収まらない。

「おまえんとこの薬、全部切るぞ」

「そ、それだけは」

拝むように両手を合わす。

「そんなんで謝ってるつもりか。もっと誠意を見せろ。土下座だ、土下座」

パワハラをこの場で指摘すれば、さらに怒りを買うだろう。市橋は歯を食いしばり、床に両膝をついた。

「申し訳ありませんでした」

平家ガニのように顔を歪めると、言いようのない惨《みじ》めさが込み上げた。

「バカか、おまえは」

そう言い捨てると、山脇は二階に引き揚げていった。

土下座くらいでくじけてはダメなのはわかっているが、悔しかった。両膝をついたまま立ち上がれずにいると、診察室の看護師長が顔を出した。

「市橋君、大丈夫？」

彼女は診察室で今のやり取りを聞いていたらしい。市橋に顔を近づけてささやいた。

「余計なことを言うと先生に怒られるけど、今度、駐車場をのぞいてみたら。火曜日か金曜日の午後に」

看護師長はそれ以上言えないというように首を振った。今日は水曜日だ。市橋は礼を言って、二日後、もう一度、訪ねてみる心づもりをした。


金曜日の午後、いつも通りコインパーキングに車を入れ、山脇クリニックの正面から裏の駐車場に向かった。奥で人の気配がし、革を打つような音が聞こえる。建物の陰からのぞくと、山脇が投球練習をしていた。キャッチャーは世良だ。

そういうことか。世良は山脇のピッチングの相手を務めて取り入ったのだ。山脇の日焼けと午後のシャワーも、投球練習の結果だろう。

「ストライク！」

世良が大きな声で言う。

「バカ。どこがストライクだ。ワンバウンドぎりぎりじゃないか」

山脇が怒鳴る。山脇は学生時代に野球をやっていたのか、かなり本格的な球を投げていた。

次の球は微妙なコースで、世良が自信なさそうに「ボール」と判定した。

「どこ見てんだ。今のは内角低めのえぐるようなシュートだろ」

「すみません」

野球なら腕に覚えがある。市橋はひとつ深呼吸して、建物の陰から出た。

「山脇先生。こんなところにいらっしゃったんですか」

二日前の土下座など忘れたように、明るい声を張り上げた。

「市橋か。性懲りもなくまた来たのか」

山脇も土下座はまずかったと思っているのか、愛想は悪くない。

「駐車場でボールの音がしたんで見に来たんです。私も入れてもらえませんか」

世良が不愉快そうな視線を向ける。市橋はそれを無視して上着を脱ぎ、世良の後ろに立った。

「審判をやりますよ。こう見えても、野球は経験ありですから」

「ほう」

山脇は薄く嗤《わら》い、大きく振りかぶって投げた。ショートバウンドで世良が後逸する。それを市橋が受け止めて、山脇に返す。

「私にキャッチャーをさせてもらえませんか。私なら後逸しませんよ」

断られるかと思いきや、意外にも山脇は「よし、キャッチャー交替」と告げた。世良がムッとした顔で振り返る。

「あんた、ミットもなしに捕球できるのか」

「ミットは世良さんが使ってるのを借りて」

「いやだね」

世良がミットから手を抜いて腰の後ろに隠した。山脇が腕組みをして言い放つ。

「そのミットは世良が用意したものだ。どうしてもキャッチャーをやりたいんなら、素手で捕《と》るんだな」

ボールは硬球だし、山脇の球はけっこうなスピードだから、素手で受けるのは危険だ。しかし、ここで逃げたら世良に取って代わることはできない。

「わかりました。素手でさせてもらいます」

「よし。じゃあ、泣くなよ」

市橋がしゃがんで構えると、山脇はニヤニヤしながらこれ見よがしに大きく振りかぶった。直球だ。両手を重ね、衝撃を吸収するように腕を引いたが、それでも手のひらに電撃のような痛みが走った。

「判定は？」

「ストライクです」

「じゃあ、もう一球」

今度はカーブだ。ボールが音を立てて曲がる。片手で受けざるを得ず、骨が砕けるような痛みが右手に走った。それでもボールは落とさない。

「よし、次はこれを受けてみろ」

山脇は口元にいやらしい笑みを浮かべ、視線をホームベースより手前に向けた。意図的なワンバウンドだ。

危ない！

思わず顔を背けたが、まともに受けていたら鼻骨が折れるところだ。

「だらしないな。怪我でもされたら困るから、ノックをやろう。世良、ミットを貸してやれ」

世良は意外に素直にミットを渡してきた。新品だ。油性ペンで『山脇クリニック』と書いである。世良が用意したと言ったが、やはりクリニックの備品じゃないか。そう思っていると、山脇が「こっちへ来い」と呼んだ。

「キャッチャーのノックだからな。しっかり取れよ。まずはキャッチャーフライだ」

段ボール箱からバットを取り出して、山脇がボールを打ち上げる。かなり高い。だが、難なくキャッチできる。山脇にボールを返すと、次はチョロッと前にこぼした。

「セーフティバントだぞ。早く追いかけんか」

フライを待っていた市橋が、慌ててボールを追う。

次はまたフライを打ち上げたが、今度は端に停めてある軽自動車の近くに上がった。

「世良の車だぞ。傷をつけるなよ」

市橋はボールと車を交互に見ながら車体の上にミットを伸ばす。ボールはなんとかミットに収まったが、勢い余ってこけてしまう。

「ナイスキャッチ」

言いながら、山脇は世良と笑い転げる。

ふたたびゴロを打ち、「今度はスクイズだ。バックホーム！」と怒鳴る。市橋は必死にボールを追いかけ、素早く山脇に返す。ポジションにもどる前にフライが打ち上げられ、今度はクリニックの建物にぶつかりそうになる。市橋は壁を気にしながら必死にボールをキャッチする。

「おい、壁を怖がるな。それでよく経験ありだなんて言えるな。幼稚園のクラブじゃないのか」

「アハハハ」

世良が野次に同調して笑う。

「頑張れ。山脇監督のノックは死のノックだぞ」

世良がふざけた声で言い、「ボール、二個でやりましょう」と、段ボール箱から新しい硬球を取り出した。山脇はボールを受け取り、市橋が一つをキャッチすると、すぐさま次を打つ。市橋がつんのめると、二人が声をあげて笑う。こめかみに汗が流れ、息が上がる。まるでシゴキだ。

十五分ほど続けると、ふだんの運動不足が祟《たた》って、ついに市橋は動けなくなった。ネクタイはよじれ、ワイシャツのボタンが飛び、ズボンの膝も破れかけている。両手をアスファルトについて肩で荒い息をする市橋を見て、山脇が言った。

「口ほどにもないヤツだな」

「ほんとですね」

世良が笑いながら言い、市橋の手からミットを取った。

「今日はこのへんでお開きにしますか。道具、片付けますね」

バットやボール、ホームベースを段ボール箱にしまう。どの用具にも真新しい油性ペンの文字で、『山脇クリニック』と書かれていた。

山脇は市橋には見向きもせず、クリニックに引き揚げていった。

市橋の髪から汗がしたたり落ちる。なぜ、ここまでしなければならないのか――。

MRの仕事を選んだのは、少しでも医療に貢献したいと思ったからだ。医師の質問に答え、よりよい治療のための情報を伝える。そのための努力ならいくらでも厭《いと》わない。なのに、今、自分のやっているのは何だ。医者にいたぶられ、同業者に嘲笑され、アスファルトに這いつくばっている。こんな屈辱ばかりだと、とてもMRは続けられない……。

いや、ここでやめたらほんとうに〝やめ癖〟になってしまう。

汗が引き、身体が冷えてきた。市橋は上着を拾い上げて、空を仰いだ。十月の空は晴れ渡り、西のほうにいわし雲が銀色に輝いている。

それが希望につながるわけではない。目の前には、ただ重苦しい現実が横たわっているだけだった。

4　コンプライアンス違反

「だからな、その山脇って医者はそうやってMRをいびって、日々の鬱憤を晴らすしかない哀れな野郎なんだよ」

池野が、ビールのジョッキをぐいと飲み干して言った。

「俺もそう思うな。そもそもMRを相手に野球をするってのがおかしいだろう。野球をやりたきゃ、近所のガキでも集めてやれってんだ」

野々村が正論をふりかざすと、牧が冷静に言った。

「でも、そういう勘ちがい医者は多いです。こちらも薬を処方してもらわないといけないから、逆らいにくいし」

市橋がボロ雑巾のようになって営業所にもどると、池野が事情を聞いて、あまりのひどさにチームのMRに声をかけて、励ます会を開いてくれた。場所は営業所から近い堺駅前の居酒屋である。

「その山脇って医者は、どうせ三流の私立医大出でしょう。劣等感のかたまりなのよ」

山田麻弥が決めつけるように言うと、こういう飲み会には必ず顔を出す肥後が、にやけた苦笑を浮かべた。

「相変わらず麻弥ちゃんはキツイのう。本人が聞いたら激怒やで」

「それにしても市橋君、手のひらは大丈夫ですか。硬球を素手で受けろなんて、ひどいことをさせるな」

牧が気遣うように言うと、市橋は赤く腫れ上がった両手をみんなに見せた。

山田麻弥が言い足りないとばかりに続ける。

「だいたい、MRをいじめるような医者にはロクなのがいないのよ。幼稚で未熟で嫉妬深くて、ひがみ根性と被害妄想のかたまりで、そのくせ思い上がりが強くて、自分の非はいっさい認めずに、感謝されて尊敬されて優遇されて当然と思っているようなエゴイストのサディストの自信過剰男よ。人間として最低の部類だわ」

あまりの悪口に市橋以外が苦笑する。市橋はまだ笑う気にはなれない。

「医者ってのは、若いうちから先生先生と奉られるから、成熟した人格形成ができにくい職業なんだ。考えれば気の毒な人種だな」

池野が言うと、牧が山田麻弥を軽く諭すように言った。

「言っときますが、私立医大出の先生にも立派な人はいますから、出身大学で云々《うんぬん》するのは感心しませんね」

それに対して野々村が妙な賛意を示す。

「逆に国公立を出た医者にも、ひどいのがいるからな。何かと言うとカネの話をしたがる守銭奴医者、飲み食いと色事しか頭にない俗物医者、自慢話ばかりするお山の大将医者、自己管理のできないメタボ医者、ワンパターン処方しかできない不勉強医者、能力もないくせに自信満々のハッタリ医者等々。患者が実態を知ったら、ぜったいに診《み》てもらいたくない先生が、わんさといるからな」

「いやまあ、まじめな先生もいるけどね」

池野が弱々しく反論すると、肥後が焼酎のお湯わりを飲みながらしゃがれ声で言った。

「医者は威張っとるが、治療ができるのは薬《ここ》のおかげや。それがわかっとるから、よけいにMRに威張りよる。こっちも医者に薬を使うてもらわんといかんから、弱みはある。そやからへいこら頭を下げてるように見せかけて、うまいこと薬を使わせるんや」

「そういう意味では、市橋のやり方はまずかったかもな。俺ならキャッチャーなんかやらずに、口でほめまくるな。ヨイショの連発で医者を喜ばす」

野々村が言うと、市橋は飲みかけのジョッキを音を立ててテーブルに置いた。

「ＭＲは医者にへいこらしたり、ヨイショしたりして、薬を売らなきゃいけないんですか。僕はもっと専門的な情報を提供することで、先生たちに喜ばれたいんです。ＭＲが医薬情報担当者と呼ばれるのは、そういうことでしょう」

一瞬、その場の時間が止まった。全員が過去に同じような感慨を抱いたからだ。しかし、今はいずれもそれを封印している。

わずかな間をおいて、池野が言った。

「駆け出しのころ、俺も紀尾中所長に似たようなことを言ったことがあるよ。高槻《たかつき》の営業所で、所長がまだヒラのＭＲのときだ。所長はこんな話をしてくれた。休日に家族サービスでＵＳＪ（ユニバーサル・スタジオ・ジャパン）に行ったら、たまたま担当している医者の一家と出会ったんだと。所長は子どもの世話は奥さんに任せて、その医者の荷物を持ったり、エクスプレス・パスを手に入れたりしたそうだ。あとで奥さんは怒ったんじゃないですかと聞いたら、いや、妻はご苦労さまとねぎらってくれたと言った。ＭＲはいつどこで担当している医者に出会うかわからない、出会ったらチャンスなんだから、それを最優先にすると、前もって奥さんに話していたらしい。休日だからとプライベートを優先するＭＲと、休日なのにサービスしてくれるＭＲと、どっちが影響力を発揮できる？　しかも、自分の家族をほったらかしにしてるんだぜ。医者はふつう以上に感謝するよな。それが仕事のできるＭＲなんだよ。専門知識も重要だが、それだけじゃ勝負できないってことだ」

「ほんまやな」

いつもは話を茶化す肥後が神妙に応えた。ジョッキを見つめている市橋の肩を、池野が軽くたたく。

「だから、元気出せよ。山脇クリニックの件はしばらくようすを見たらいいから」

「けど、その世良っちゅうのは要注意やな。市橋と担当先がけっこうかぶっとるやろ」

肥後の何気ないひとことが、思わぬ展開につながることは、このときだれも予想していなかった。


翌週の水曜日、卸業者の営業担当から市橋に新たな情報がもたらされた。堺区遠里小野《おりおの》町にある河井田《かわいだ》内科クリニックでも、ロキスターの仕入れがなくなったというのだ。

市橋は急遽、アポを取って河井田内科クリニックに向かった。院長の河井田は五十二歳で、小太りで地味な印象だが、坊ちゃん育ちのせいか若く見える。市橋がクリニックに着いたのは、夕診がはじまる一時間ほど前だった。

「失礼します。天保薬品の市橋です」

明かりの消えた玄関で名乗ると、奥の院長室から河井田が顔を出した。

靴を脱ぐのももどかしく、スリッパに履き替えると、市橋は小走りに院長室に入った。

「急にお邪魔して申し訳ございません。先生のクリニックで、ロキスターの仕入れがなくなったと聞いたのですが、ほんとうでしょうか」

ふつうならこんな直截《ちょくせつ》な聞き方はしない。しかし、河井田は温厚で、むしろ気が弱いほどなので、つい前のめりになってしまう。

「まあ、そうだけど」

「どうしてなんでしょう。ロキスターに何か不都合があったのでしょうか」

「いや……」

「じゃあ、患者さんからクレームがあったとかですか」

「そういうわけでは……」

「では、私に落ち度があったのでしょうか。それなら改めます。どうか、理由を聞かせてください」

河井田は硬い表情で椅子をまわし、市橋に背中を向けた。

「先生。弊社のロキスターは多くの患者さんから好評を得ています。胃腸障害も軽微ですし、小児にも使えます」

「わかってるよ」

「じゃあ、どうして仕入れをやめられたんですか」

河井田は答えない。市橋は不吉な予測を胸に訊ねた。

「ロキスターを使わないなら、代わりの鎮痛剤は何を処方されるおつもりですか」

「――アルタシンかな」

やっぱり朝倉製薬の薬だ。営業に来ているのは世良だ。

「でも、アルタシンは胃腸障害が強いでしょう」

「だから、エソックスも出す」

またか。込み上げる悔しさを堪えて聞いた。

「朝倉製薬のMRは世良さんですよね。何か先生に特別な便宜をはかったんですか」

「そんなことは……しとらんよ」

市橋はなおも食い下がろうとしたが、河井田は市橋に背を向けたまま、身を強張らせている。これ以上の質問は、相手を頑《かたく》なにさせるだけのようだった。

院長室を出ると、夕診の準備をしている看護師がいたので、市橋はそっと聞いてみた。

「河井田先生がロキスターを切っちゃったみたいなんですけど、理由はわかりませんか」

「さあ。薬の注文は全部、院長先生がやってますから」

「朝倉製薬の世良さんが、先生に何か特別なサービスをしたのじゃないかと思うんですけど。

たとえば、先生が喜ぶようなものを持ってきたとか」

「そんなことはないと思いますよ。だいたい、朝倉製薬のMRさんは、このごろほとんど来てないですもん」

頻繁に顔を出さずして、どうやって河井田を籠絡《ろうらく》したのか。山脇のときとは明らかにちがう方法のようだ。

営業所にもどって、市橋は池野に経過を報告した。

「世良ってヤツはどうも怪しいな。ちょっと調べてみるか」

池野はパソコンに「朝倉製薬」「世良俊次」のキーワードを入れて検索した。

「こいつ、阪西《はんせい》学院卒だな。フェイスブックの基本データに堂々と個人情報を書いてる。友達は二十四人か。少なっ！」

あきれてから、近くの机にいる野々村に声をかけた。

「阪学《はんがく》なら、おまえの後輩だろ。なんとか調べられないか」

「俺より六年下ですね。知り合いがいるかもしれんから、聞いてみますよ」

野々村は阪西学院大学のボート部出身で、体育会系は上下のつながりが強いから、情報を得られる可能性があるのだろう。野々村はメーリングリストで調べをかけ、翌日には世良と同期で学部も同じ経済学部の後輩を見つけ出した。その後輩に世良のことを説明して、医師攻略法を探るよう伝えてくれた。

翌週、さっそく調査結果を手に入れてきた。

「チーフ、わかりましたよ。世良ってヤツはまったくバカですね」

野々村が言うと、池野は参考のために市橋だけでなく、牧と山田麻弥も呼んで野々村の話を聞いた。

「結論から言うと、世良は河井田院長を風俗店に連れて行って、そのネタで脅したようです。風俗嬢の名刺を見せて、先生がこんな店に行ったと奥さんや看護師が知ったら、どう思いますかねと仄《ほの》めかしたんです。院長がうろたえると、すかさずロキスターの代わりにアルタシンを使ってもらえるとありがたいと、圧力をかけたというわけです」

「君の後輩はどうやって世良からそれを聞き出したんだ」

「ちょっと酒を飲ませて、おまえは凄腕のMRらしいなと持ち上げたら、ベラベラと手柄を披露したそうです」

牧が冷静に訊ねた。

「しかし、風俗店に行ったくらいで脅されますかね」

「後輩もその点を聞くと、世良は相手は純粋培養みたいな医者だから、一回でも風俗店に行けば十分ネタになると、得意満面でしゃべってたそうだ。調べられてるとも知らずにな」

「それって、脅迫か恫喝《どうかつ》にあたるんじゃないですか」

山田麻弥が言うと、池野も「そうだな」と応じた。

「ここは俺の一存では決められない。所長の判断を仰ごう。市橋、来い」

池野は市橋を連れて所長室に入った。山脇クリニックと河井田内科クリニックの経過を話すと、紀尾中はまず市橋を慰労した。

「たいへんだったな。よく頑張った」

「でも、ロキスターの仕入れはゼロのままです」

市橋がうなだれると、池野が代わりに言葉を継いだ。

「警察に訴えるわけにはいきませんか。明らかな恐喝だと思うんですが」

「警察が動いてくれるかな。それに河井田先生もことを公にはしたくないだろう」

紀尾中は背もたれに身を預け、考えを巡らせるように目を細めた。

「市橋君が素手でキャッチャーをしたとき、山脇先生はミットは世良が用意したと言ったんだな。それでミットには『山脇クリニック』と書いてあった。これって、世良が山脇クリニックにミットを寄附したということじゃないのか」

「そうだと思います」

市橋が答えると、池野が今気づいたように、「あ」と声を出した。

「それはダメですよね」

「医薬品公取協が定めた『不当景品類及び不当表示防止法』に抵触する可能性がある。重大なコンプライアンス違反だ」

なるほどと、市橋も理解した。製薬会社が正当な理由なく医者に現金や物品を提供することは、製薬協のプロモーションコードでも禁じている。

「市橋君。山脇クリニックの野球道具がほんとうに世良から差し入れられたものか、またその時期はいつか、確かめられるか」

「それはわかると思います」

山脇クリニックの看護師長に聞けば教えてもらえるだろう。

「わかったら知らせてくれ。あとは私が動くから」

*

今回の件は、紀尾中には造作のないものだった。市橋の調査で、世良が山脇クリニックに野球用具を持ってきたのは、一カ月ほど前であることがわかった。正確な日にちまではわからなかったが、紀尾中にはそれで十分だった。

しばらくして、紀尾中は朝倉製薬の知り合いから電話で連絡を受けた。その後の経過を報《しら》され、相手は「今度、また何かで埋め合わせを」と恐縮しながら通話を終えた。

大部屋に行くと、夕暮れ時でほとんどのMRが外回りから帰ってきていた。紀尾中は池野のチームのMRを集めて言った。

「今、朝倉製薬から連絡があったよ。世良は会社をやめたそうだ」

その前に、世良は本社付きになっていた。紀尾中が朝倉製薬の知り合いに世良の行為を伝え、社内のコンプライアンス統括部門が即座に動いて、処分を下したのだった。

河井田院長への脅しは、河井田自身が事実を認めず、証拠不十分とされたが、山脇クリニックへの野球用具提供は、領収書をねつ造して新薬説明会の経費に紛れ込ませていたことが発覚し、コンプライアンス違反が確定した。世良は厳重注意を受け、四国支店の営業所に転勤を命じられた。彼はそれを不服として、自主退社したのだった。

「世良も会社の売り上げのためにやったんでしょうけどね」

人の好い市橋が同情すると、即座に山田麻弥が否定した。

「ちがうでしょ。自分の成績のためにやったのよ。でも、やり方が下手《へた》ね。わたしならもっとうまくやるわ」

「おいおい、妙なことを考えるなよ。バレなきゃいいというわけじゃないぞ」

紀尾中が慌てると、その場のみんなが笑った。

「世良がやめたあと、市橋君が山脇先生の野球の相手をしてるの？」

牧に聞かれて、市橋は嬉しそうに首を横に振った。

「山脇先生は急に投球練習をしたせいで、肩を痛めたらしく、お役御免になってます。ロキスターも復活しました。河井田先生のところも同じです」

「それにしても、投球練習の相手や風俗店に行ったことの脅しで、薬を替える医者にも困ったもんだな」

野々村が言うと、肥後がふらりとやってきて、苦笑いで言った。

「患者からすりゃもってのほかやろうが、実際、ほとんどの薬は五十歩百歩やからな。治療にはそれほど差は出んちゅうのがほんまのところやろ」

「それでも、やはり優れた薬が処方されるべきだと思います。所長はいつも、患者を第一に考えろとおっしゃってますものね」

市橋に念を押されて、紀尾中は答えに詰まった。天保薬品の薬がすべて他社の製品より優れているとはかぎらないからだ。肥後がニヤニヤ笑いで見ているので、仕方なく口を開いた。

「それはまあ理想というか、目標だな。患者も大事、会社も大事ということだ」

釈然としない顔の市橋を横目に、紀尾中は「じゃあ、そういうことで」と所長室に引き揚げた。

背後で肥後が「帰りに居酒屋で、理想と現実を語り合おうや」と、その場のMRたちに明るく言うのが聞こえた。

5　潔癖ドクター

週明けの全体ミーティングがはじまる前、いつも通り早くに着席していた池野が言った。

「この前、タウロス・ジャパンのMRに会ったら、大阪の北部で《ジェロニム》の市場が急速に衰退しつつあると言っていた。特効薬を創るのも考えものだな」

「ジェロニムって、C型肝炎の抗ウイルス剤ですよね」

市橋が確認した。

これまでC型肝炎ウイルスは、インターフェロンで治療していたが、発熱や筋肉痛などの副作用が強いわりに、ウイルスがなかなかゼロにならなかった。ジェロニムは副作用も少なく、ウイルスを完全に排除できるので、キャリアの患者から大いに歓迎されている。

山田麻弥が興味津々の顔で聞いた。

「市場が衰退って、どういうことです」

「患者がいなくなりつつあるんだ。輸血や予防接種で新たなキャリアが発生しなくなっただろ。今いるキャリアを全員治療してしまったら、多額の研究費をかけて創薬したジェロニムの需要がなくなる。だから、あとは大阪南部でどれだけ稼ぐかってことになっているらしい」

「つまり、医療の大阪南北格差ってやつやな」

珍しく早めに出社した肥後が、冗談口調で言った。市橋が疑問の顔を向けると、京都出身の池野がむずがゆいような顔で答えた。

「大阪北部の住民は健康意識が高いから、ジェロニムが発売されるとすぐにキャリアたちが治療を受けた。しかし、南部にはまだ感染者が増える可能性があると、タウロス・ジャパンのMRは言うんだ」

「大和川《やまとがわ》以南の人は、健康意識が低いということですか。でも、いずれ大阪南部にもキャリアはいなくなるでしょう」

大和川は大阪市と堺市の境界を流れる一級河川である。市橋の疑問に、自身、大阪南部の出身である肥後が、自嘲するように答えた。

「どうやろ。新たなキャリアが増えるとしたら、まずは不用意なセックスやが、大阪南部には気にせえへん若者もいてるからな。鼻血とか歯茎の出血に無頓着な人間もけっこうおるし、ディープサウスには覚醒剤で広める連中もおる。まあ、ジェロニムでウイルスが駆逐されるのと、迂闊《うかつ》なキャリアが感染を広める勢いのスピード勝負やな」

「いずれにせよ、ウイルスが全滅すれば、特効薬も無用になる。全患者の治療が終わるまでに、経費を回収できるかどうかが問題だな」

池野の発言に、市橋はまたも疑問を感じた。C型肝炎ウイルスは肝臓がんを引き起こす危険性が高い。一刻も早くウイルスを撲滅すべきなのに、儲けを優先するのか。

「患者が多いほうがいいように言うのは、釈然としませんね。なんだか他人の不幸を喜ぶみたいで」

それを聞いた山田麻弥が、手にしたボールペンを乱暴に投げ出した。

「製薬会社は他人の不幸を喜んでるんじゃなくて、病気を治すことに喜びを見出しているのよ。前にも言ったでしょ。あんたの高い給料はどこから出てると思ってるの。薬が売れてこその会社でしょう」

早口にまくしたて、露骨なため息をつく。肥後がニヤつきながらあきれた。

「麻弥ちゃん、ご機嫌斜めやねぇ。彼氏と喧嘩《けんか》でもしたんか」

「彼氏なんかいませんっ」

「肥後さん。あんまりからかわないでください。彼女、例の新堺医療センターの件が暗礁に乗り上げているんですよ」

池野が取りなすと、肥後はとぼけた顔で肩をすくめた。

メンバーが揃ったところで、紀尾中が所長室から出てきた。全体ミーティングがはじまり、各自が前週の活動報告を行う。

「じゃあ、次、山田さん」

紀尾中に指名されると、山田麻弥は早口に言った。

「懸案の《ガルーダ》ですが、残念ながら、今回も新堺医療センターでの採用は見送られました」

声に悔しさがにじんでいる。ガルーダは天保薬品が三カ月前に売りだした喘息《ぜんそく》の治療薬で、成人用だけでなく、小児用にドライシロップも発売され、売り上げが期待されていた。

「やっぱり副院長がネックなのか」

「そうなんですよ。山田もよく頑張ってるんですが」

池野が補足する。肥後がまぜ返すように言った。

「副院長の最上《もがみ》やな。あの御仁《ごじん》はMR泣かせやからな。さすがの麻弥ちゃんでも難攻不落か」

病院で使われる薬は、当然ながら院内で採用されたものにかぎられる。それを決めるのは薬事委員会で、最上はその委員長を務めていて、ガルーダの採用になかなかOKを出さないのだ。

「今回は小児科の谷原《たにはら》部長にお願いして、現場からの要望ということで上げてもらったんですが、認めようとしないんです。あの頑固ジジイ」

山田麻弥の暴言に、紀尾中が珍しく表情を曇らせる。

「新堺医療センターはほかの病院にも影響が大きいから、なんとか入れてもらいたいもんだな。池野君もフォローしてくれてるんだろ」

「それが、少し前に最上さんをしくじって、ほとぼりを冷ます必要があるんです」

「何をしたんだ」

「いつもは階段を使うんですが、八階から下りるとき、エレベーターが開いてたからつい乗っちゃったんです。そしたら、六階から最上さんがストレッチャーの患者といっしょに乗ってきて、すごい顔でにらまれたんです」

「そらあかんわ。〝MRの掟《おきて》〟破りや」

肥後があきれたようにのけぞる。

〝MRの掟〟とは、現場の不文律のようなもので、エレベーターは患者優先だからMRは使わない、駐車場もMRは出入り口の近くに停めるな、院内では靴音を立てない、医師や患者には道を譲る、廊下で医師に話しかけるときは斜め後ろから、などである。

「所長。もう少し時間をください。来月の薬事委員会ではなんとか採用してもらえるよう頑張ってみます」

山田麻弥が決然と声を強めた。このまま引き下がるのでは、彼女のプライドが許さないのだろう。しかし、勝算はあるのか。具体的な戦略はなさそうだった。

＊

この日、山田麻弥は午後イチで新堺医療センターに向かった。仁徳御陵《にんとくごりょう》にも近い府立の病院で、十年ほど前に堺の旧市街から移転してきた。南大阪地区の基幹病院であり、患者数が多いだけでなく、地域の病院や開業医への影響力も大きい。紀尾中がガルーダの採用を期待するのもそのせいだ。

車を降りて、身だしなみを確認する。濃紺のスーツにベージュのインナー。皺《しわ》や糸くずがついていないことを確かめ、切りそろえた髪を耳にかける。靴は足音を立てないパンプス。マニキュアなし、コロンなし、マツエクなし。それで十分闘える。

前方の一点を見つめて玄関に向かいつつ、常に戦闘モードの自分を感じる。頑張るのは当たり前、結果を出せないのは許せないと思っている。新聞社から転職したあと、必死に勉強してMR試験を突破し、一年目から営業に全力を傾けた。ビギナーズラックもあっただろうが、いきなり開業医担当部門で社内三位に入り、通常なら三カ月分のボーナスが、四・五カ月分支給された。頑張れば結果はついてくる。それが彼女の実感だった。

この日はまず小児科の谷原部長に面会の約束を取りつけていた。薬事委員会でガルーダが不採用になった理由を聞くためだ。医局は管理棟の二階にあり、部長クラスはパーテーションで区切られた専用の大部屋に机がある。

「失礼します。天保薬品の山田です」

時間ぴったりに訪問すると、谷原はあまり嬉しそうでない顔で山田麻弥を迎えた。

「今回は残念だったな。僕も頑張ったんだけど」

いきなり言い訳モードになるのは、山田麻弥の強硬姿勢を警戒してのことだろう。

「君に言われた通り、ガルーダが幼児にも使いやすいことは説明したよ。だけど、副院長が例の独自ルールを曲げないんだ」

最上の独自ルールとは、新薬は発売から一年間は採用しないというものだ。しばらくようすを見ないと、思いがけない副作用があるかもしれないというのが理由である。

「それはおかしいでしょう。せっかくいい薬が出ても、一年待たないと使えないなんて、患者さんの利益に適《かな》いません」

「副院長に言ってくれよ。それに、ガルーダは替わりに削除する薬がないだろ」

新薬を申請するときには、すでに採用されている同類の薬を削ることが暗黙の了解になっている。そうしなければ、採用薬が増える一方だからだ。

「ガルーダは新しいタイプの薬ですから、同類の薬と言われても困るんです」

「とにかく、僕は言うだけのことは言ったんだ。あとは副院長次第だよ。一年待てば採用されるんだから、そう焦ることもないいんじゃないか」

他人事だと思って呑気《のんき》なことを言う。こっちは時は金なりで動いているのだ。

「今も小児喘息で苦しんでいる患者さんがいらっしゃるでしょう。少しでも早くいい薬を採用することが、患者さんのためになるのじゃありませんか」

「そうなんだが、いい薬はほかにもあるからねぇ。それより君は歌舞伎には興味ないの。今度、松竹座《しょうちくざ》で團十郎《だんじゅうろう》のいい演目があるんだけどな」

谷原は強引に自分の趣味に話を持って行こうとする。か細い声を聞きながら、山田麻弥はこれ以上話していても時間の無駄だと感じた。それでも最上との面会までに時間があるし、谷原の機嫌を損なうのも得策ではない。

「團十郎って、テレビのＣＭにも出てますよね。にらみとかする人でしょう」

歌舞伎にはまったく興味はなかったが、知っているかぎりの情報で話を合わせた。それからたっぷり三十分、谷原の歌舞伎談義に付き合わされ、山田麻弥は作り笑いで頬の筋肉がだるくなった。

次はいよいよ本丸の最上だ。副院長室は管理棟の三階にある。

最上は長身、やせぎすで、額がはげ上がり、薄い唇は常に真一文字に結ばれている。見るからに厳格そうで、生まれてこの方、大口を開けて笑ったことなど一度もないのではという風貌だ。

山田麻弥は最上にはこれまで二度会っている。最初はガルーダの発売に合わせて開いた院内説明会で、二千円の上限で松花堂弁当を用意したが、最上は手をつけなかった。

「私は薬の説明を聞きにきたのであって、弁当を食べにきたのではない」

声は決然として、山田麻弥の精いっぱいの笑顔も通用しなかった。

二度目はガルーダの採用を直接頼みに行ったときで、感触も悪くなかったのに、薬事委員会で申請を却下された。それで薬事委員の谷原に推挙を頼みに行ったとき、却下の理由として、最上の「発売後一年不採用のルール」を聞かされたのだ。

最上がMR泣かせと言われるのは、製薬会社の景品や便宜供与をいっさい受け付けないからだ。景品はボールペン一本も受け取らず、不在のときにMRが名刺といっしょにメモパッドを置いて帰ると、次に会ったときに、「忘れ物だ」と返却されたという。講演会の打ち上げでも、MRが支払うと言っても聞かず、割り勘にするのも人数で割るのではなく、注文した料理ごとに計算しての割り勘を強行する。MRが鞄《かばん》を持とうとすると、「いらんことをするな」と言い、パソコンを運ぼうとすると、「自分でやる」と追い払い、帰りにタクシーチケットを渡そうとしたMRは、「公務員にタクシーチケットを出していいと思ってるのか」と怒鳴られた。ほかの医師なら趣味やお勧めのレストランなどの話題で雰囲気が和らぐのに、最上は薬以外の話を持ち出すと怒りだし、「時間の無駄だ。帰れ」と命じられる。いったん「帰れ」が出たら、即座に引き揚げなければ、次はものが飛んでくるという噂だ。

頑固一徹だが、医師としての技量は抜群で、専門の腎臓内科領域では、西日本で有数の名医と評される。患者にも親切で、どんな相手にもていねいに話しかける。医師としては理想的かもしれないが、ビジネスに関してはこれほどやりにくい相手もなかった。

ノックをして扉を開けると、最上は執務机の向こうに座っていた。白衣の背中に竹でも入っているのかと思うほど背筋を伸ばし、銀縁眼鏡の奥から清廉《せいれん》潔白そのものの目を向けてくる。

山田麻弥は一礼して、パンフレットを差し出しながら単刀直入に言った。

「小児科の谷原部長に推挙していただいたガルーダの件で参りました。前回に引き続き、今回も薬事委員会で採用が見送りになったとうかがい、何が原因なのか、販売元として頭を悩ませているところです。ガルーダに採用に適さない欠点がございますでしょうか」

「特別にはありません」

「でしたら、なぜ不採用に」

「私は新しい薬は発売から一年間はようすを見て、採否を決めることにしているのです」

「ですが、いい薬であれば、できるだけ早く採用するのが患者さまのためになるのではございませんか」

「MRさんからしたらそうでしょうが、私は薬事委員長としての責任があるのです。MRさんは薬のいい話ばかりするでしょう。特に出はじめ薬の売り込みには、不確定要素が紛れ込みやすい。副作用の有無が曖昧《あいまい》な状況で、出はじめ薬を採用することには慎重でなければならないと考えているのです」

山田麻弥が反論しかけると、最上はそれを右手で遮《さえぎ》って、背もたれに身を預けた。

「実例をお話ししましょう。MRさんなら〈トログリタゾン〉を知っているでしょう。チアゾリジン系の糖尿病治療薬です。鳴り物入りで登場しましたが、どうも怪しいので採用を見送っていたのです。そうしたら、案の定、肝障害の副作用が報告されて、最終的に回収となりました。ほかにも脳循環代謝改善剤として承認されていた〈ニセルゴリン〉も、効果が不十分ということで販売中止になったし、降圧剤の〈オルメサルタン〉も、発売後、間質性肺炎の副作用が判明して、添付文書が書き換えられました。慌てて採用してそんなことになったら、患者さんに説明がつかないでしょう」

「ですが、それは稀《まれ》な例ではございませんか。ほとんどの新薬は一年やそこらで問題になるようなことはないと存じますが」

「稀な例でも、副作用が出た患者にはそれではすまないんです」

副作用が出る患者の後ろに、治療の恩恵を受ける無数の患者がいることは敢えて伏せ、

「なるほど」と納得した顔で、話を徐々に動かす。

「怪しい薬を見分けるのには、何か秘訣のようなものがあるのでしょうか」

「それはまあ、勘としか言いようがないですね」

「弊社のガルーダにも何か感じておられるのでしょうか」

「それは特にはないけどね。いつも勘が働くわけではありませんから。だから、原則としてどの新薬も採用は一年待つことにしているんです」

「原則とおっしゃるなら、例外もあるのですね」

慎重に突っ込む。最上はわずかに後退するように答えた。

「たとえば、抗がん剤や免疫療法の新薬は、早めに採用しましたね。患者さんの命がかかっていますから」

「小児喘息の患者さまも、重積発作を起こすと命を落とす危険もございます。親御さんたちの不安は大きいでしょう。ガルーダは重積発作を抑制するのに、高い効果が示されています」

山田麻弥が前のめりに言うと、最上はかすかな笑いを洩らして続けた。

「そう来ましたか。あなたはなかなか頭がいい。しかし、私はそういう製薬会社の営利主義

が嫌いなんですよ」

山田麻弥は躊躇《ちゅうちょ》した。どう返すべきか。営利主義を否定すべきか。いや、と山田麻弥は姿勢を正して言った。

「おっしゃる通り、製薬会社は営利企業です。しかし、それだけではありません。患者さまの治療に少しでもお役に立ちたい、病気に苦しむ人を減らすお手伝いをしたいという信念がございます。新薬をお薦めするのも、患者さまのためを思えばこそなのです」

「ほう。では患者さんのためになるなら、天保薬品以外の薬でもいいんですね」

「もちろんです。でも、弊社のガルーダが他社の薬に一歩先んじているから、お願いしているのです」

最上の薄い唇が一文字に閉じられ、灰色に縁取られた瞳が手元のパンフレットに向けられた。

「なるほど。治療成績は悪くないようだが……。副作用も小児の治験で、〇・四パーセントですか」

山田麻弥はじっと待つ。言いたいことはいくらでもある。だが、今は無理に押さないほうがいい。

「たしかにいい薬のようだが、ここに出ているのは製薬会社側のデータでしょう。客観性に欠けるのじゃありませんか」

「そんなことはございません」

待ったのにその甲斐がなかった分、声が尖った。

「パンフレットに不正確なデータを載せたら、弊社のほかのパンフレットも疑われます。そんなリスクを負うメリットはございません。どうぞ、信頼していただきますように」

「しかし、どの会社のパンフレットも、自社に都合の悪いことは書いていないからねぇ」

当たり前じゃないか。山田麻弥は次第に苛立つ自分を必死に抑え、早口に言った。

「ガルーダは、弊社で十分な比較試験を行い、利益相反のない形で、専門家の先生方に効果と安全性を保証していただいています。最上先生のご懸念も、危機管理上、当然のことと拝察いたします。ですが、この新堺医療センターにも、ガルーダを待ち望んでいる患者さんは少なくないはずです」

ここは強気で押すしかない。そう思って言葉を重ねる。

「ガルーダは大学病院でも早期に採用していただいて、どの先生方からも高評をいただいております」

そう言ったとたん、最上の顔色が変わった。

「君は何だ。大学病院が採用しているから、この病院でも採用しろと言うのか」

「いえ……、決してそんなつもりは」

畏《かしこ》まって頭を下げたが手遅れだった。

「君はそういうことを言うのか。大学病院の医者どもは、病気を治すことより、自分の研究を優先して、患者をデータとしか見ておらんのだ。そんな許しがたい医療をしている大学病院を見習えと言うのか。ふざけるな」

「申し訳ございません」

「だいたい、トログリタゾンのときだってそうだ。大学病院がいち早く採用したから、それに追従する医療機関が増え、被害が広がったんだ」

何があったのか知らないが、大学病院は触れてはならない逆鱗《げきりん》だったようだ。

「これ以上、話を聞いても無駄だ。帰れ」

これが出ると、引き揚げざるを得ないと聞いている。しかし、なんとか状況を挽回できないか。必死に考えながら顔を上げると、いきなり老眼鏡のケースが飛んできた。噂はほんとうだった。

「失礼いたします」

山田麻弥は、そう告げると、最上のようすをうかがい見ることすらできず、そそくさと副院長室を出た。胸のうちは屈辱と後悔でいっぱいだった。

6　セクハラの罠

管理棟から本館への連絡通路を、山田麻弥はこれ以上ない暗い顔で歩いていた。

あれだけ最上を怒らせた以上、ガルーダの営業は少し間を置かざるを得ない。しかし、来月の薬事委員会に間に合うだろうか。

考え事に集中すると、まわりが見えなくなる。前から近づいてくる医師の視線に気づいたのは、ほんの一メートルほどに迫ったときだ。はっと顔を上げると、相手も立ち止まり、

「おや、君は」と見覚えがあるような顔をした。

「天保薬品の山田と申します」

ショルダーバッグから名刺を取り出すと、相手はさわやかな笑みを浮かべ、「消化器外科の赤西《あかにし》です」と自己紹介した。名札を見ると『副部長』とある。

「どうしたの、深刻な顔して。だれか意地悪なドクターにでもいじめられた？」

赤西は白い歯を見せて優しく訊ねた。副部長なら四十代後半のはずだが、引き締まった身

体で背筋もしっかり伸びている。ダブルの白衣というだけでオシャレだが、さらにウエストを絞ってあるらしく、よけいに赤西をスマートに見せていた。

「別に何でもありません」

「でも管理棟に行っていたということは、だれかに会ってたんだろう。まさか、あのネクラなメタボ院長？」

おどけた言い方に、山田麻弥は小さく笑った。

「ちがいます。最上先生です。薬事委員会のことで少し」

「ああ、副院長ね。薬の頼み事だな。どんな話？　僕も薬事委員だから、力になれるかもしれないよ」

山田麻弥は思いがけない援軍の出現に目を見開いた。

「実は、弊社のガルーダの件なんですが」

「あれ、天保薬品の薬だっけ。こんなところで立ち話も何だから、医局に来たら？　話を聞いてあげるよ」

捨てる神あれば拾う神ありだ。山田麻弥は赤西に従ってふたたび管理棟にもどった。

赤西の机は大部屋の奥の端にあった。今し方の最上とのやり取りを話すと、赤西は熱心に耳を傾けてくれた。

「大学病院でもガルーダは採用していただいていますと言ったら、急なお怒りを買いまして」

「そりゃだめだ。最上先生は大学病院に残れなくて、うちの病院に来たんだから。大学病院憎しで凝り固まっているんだ。ああ見えて、コンプレックスが強いんだよ」

「そうなんですか」

答えながら、山田麻弥は赤西の目線が自分の全身を這うのを感じた。

「しかし、いい薬が採用されないのは、患者だけでなく病院にとってもマイナスだよな。そう思わない？」

「わたしもそう申し上げたんですが、最上先生は聞く耳を持たないという感じで」

「困るよなあ。じゃあ、僕が病院のために一肌脱いでやるか」

「ありがとうございます。ぜひよろしくお願いします」

喜びを前面に押し出して頭を下げた。リスクはあるが、うまくいけば功を奏するかもしれない。こうなったら使えるものは何でも利用しなければという気持だった。

翌日の午後、さっそく赤西から連絡があった。

名刺には営業所の電話番号とメールアドレス、スマートフォンの番号が書いてある。連絡はスマートフォンだった。

「昨日の件だけどね、最上先生に話す前に、もう少し詳しいデータがほしいんだよね。申し訳ないけど少し時間を取ってもらえないかな」

「もちろんです。いつうかがえばよろしいでしょう」

「病院に来てもらうと人の目があるからね。担当でもないMRと会って、変に勘ぐられても困るし、どこか外で会えるといいんだけど」

いきなりお誘いか。山田麻弥があきれると、赤西はこちらの反応など気にせずに続けた。

「食事でもしながらだと、ゆっくり話を聞かせてもらえると思うよ。もしよかったら、今晩あたりどう」

「申し訳ございません。今夜は別の予定がございまして。それに、食事をしながらの説明というのもちょっと」

「あ、そうか。これは失礼。じゃあ、お茶でも飲みながらということにしようか」

「そうですね。お茶でしたら」

「お茶」にアクセントをつけて、食事がNGであることを暗示したつもりだが、果たして伝わったかどうか。

「明日の夕方はどう。大丈夫？　待ち合わせのカフェを言うね。メモの用意はいい？」

「少々お待ちください」

メールで送ってくれればいいのにと思いつつ、山田麻弥はメモパッドを引き寄せた。

「堺区警察署の裏手だからすぐわかるよ。じゃあ、明日の五時に待ってるから」

まるでデートの約束だ。それでもいい。打つべき手さえ打っておけば、危険は回避できるだろう。山田麻弥の頭にあるのは、どんな手を使ってでもガルーダを最上に採用させることだけだった。


そのカフェはこぢんまりとした吹き抜けの一戸建てで、黄色い壁にオレンジ色の丸瓦が地中海風な感じの店だった。

入口の前に二台分の駐車場があり、山田麻弥が営業用の車を停めると、先に停まっていた高級そうな車のドアが開き、赤西が降りてきた。

「偶然だね。僕も今来たところなんだ」

先に来て待っていたのは明らかで、いきなり車の自慢がはじまった。

「これ、僕の愛車、レクサスLS500hのエグゼクティブ。レーダークルーズコントロールで、ほぼ自動運転だからおもしろいんだ。今度、乗せてあげるよ」

「すごいですね」

大袈裟に感心するが「はい」とは言わない。言えばドライブに誘われるのは見えている。

「とにかく、中に入りましょうか」

先に立って扉を開けると、客はまばらで二人はカウンター近くのテーブル席に座った。

「この店、どう。天井が高いから落ち着くでしょ」

「すてきです」

「僕はこういうヨーロピアンな雰囲気が自分に合ってると思うんだ。ヨーロッパと言っても南だよ。ラテン系の開放的な雰囲気のほうがいいからね。君はこういう感じは嫌い？」

「いいえ。好きですよ」

面倒くさいが、機嫌を悪くされても困るので軽くおもねる。コーヒーが運ばれてきたタイミングで、ガルーダのパンフレットを出した。

「ガルーダは従来の抗アレルギー薬とちがい、喘息の病態形成に直接関与するロイコトリエンの受容体に選択的に結合して、その作用に拮抗するのが特徴です」

「なるほど」

気のない返事で、おざなりにページをめくる。

「で、最上先生はこの薬のどこに引っかかってるのかな」

「ガルーダが発売されてからまだ一年がすぎていないからですよ。最上先生には独自のルールがあるとのことで」

「ああ、あれね」

「なんとか特別扱いにしていただいて、採用にこぎ着けられればと」

「うん。できるだけのことはしてみるよ」

「よろしくお願いいたします」

テーブル越しに頭を下げる山田麻弥を上から見ながら、赤西はおもむろにコーヒーを口に運んだ。

「MRもたいへんだね。いろいろ無理難題を押しつけられたりもするんだろ」

「必要なことでしたら、何でもいたします」

「うちの病院で無茶を言うやつはいないかい。いたら僕が注意しておくけど」

「今のところは大丈夫です」

「外科医でも腕の悪いのにかぎって、MRに威張るからな。手術の上手下手は何で決まるかわかる？　手先の器用さとかじゃないよ。解剖学だ。血管の走行、神経の分布、臓器の位置関係がどれだけわかっているかで、手術の進み具合がまるでちがうんだ」

「はあ、なるほど」

赤西は自分がいかに優秀な外科医であるかを臆面もなく語った。山田麻弥は慣れたもので、上辺だけ熱心に耳を傾ける。

かれこれ一時間がすぎたところで、赤西が腕時計を見た。これ見よがしに突き出すので、訊ねざるを得ない。

「すごい時計ですね。わたし、詳しくないんですが、高級時計なんでしょう」

「これ？　オーデマ・ピゲのロイヤルオーク。大したものじゃないよ」

「聞いたことあります」

「それより、もう夕食時だけど、このあとどう？　この時計が似合う店に案内するよ」

「すみません。今日はお茶だけだと思っていましたので、夜は別件があるんです。ほんとうに申し訳ございません」

相手が何か言う前に、すばやく勘定書きを取って席を立った。赤西は不満そうだったが、仕方がないというふうに出口に向かった。

支払いを終えて出ると、赤西は思いの外さわやかな表情で言った。

「最上先生には強力にプッシュしてみるから、楽しみにしておいて。じゃあ、また」

振り返りもせず愛車に乗り込むと、静かなモーター音を残して去って行った。意外にあっさりしている。いやいや油断は禁物だと、山田麻弥はカフェの横にある警察署の建物を仰ぎ見た。

「池野さん。新堺医療センターの赤西先生って知ってます？　消化器外科の副部長です」

営業所にもどったあと、山田麻弥が池野に訊ねた。

「知ってるよ。何かカッコつけた白衣を着てるヤツだろ」

「ガルーダの採用に力を貸してくれそうなんです」

経緯を話すと、「大丈夫か」と、不安を顔に浮かべた。

「赤西は有名な女たらしだぞ。結婚は二回。今の奥さんも前の奥さんも看護師で、泥沼不倫の末に離婚が成立したって話だ」

同じチームの野々村と牧が、池野の机に集まってきた。

「俺も知ってます。いかにも自分はイケメンだって顔してるヤツでしょ。胃がん治療薬の懇話会に来てましたよ」

野々村が顔をしかめると、牧も暗い表情で続いた。

「私も悪評は聞いています。手術が下手なくせに、口だけ達者で、看護師や事務職員に威張りまくっているらしいです」

「みたいですね。でも、車は高級車だし、高そうな腕時計を見せびらかして、異様に優雅なんですよ。新堺医療センターってそんなに給料いいんですか」

「府立なのに、いいわけないだろ」と、池野が即答する。「赤西がリッチなのは、親父が西梅田で自由診療のクリニックをやってるからさ。ハイブリッドレーザーとかいう怪しげな治療で儲けてるんだ」

金持ちのお坊ちゃん医者と聞いてムカついたが、そんなことはどうでもいい。大事なのは利用価値があるかどうかだ。

すると、離れた机から肥後が声をかけてきた。

「赤西の悪い噂はわしも聞いてるで。けど、今の医者はセクハラを警戒しよるやろ」

「ぜんぜん。むしろ露骨に誘ってきますよ」

山田麻弥があきれると、別の机からもう一人のチーフMRである殿村が、独り言のようにつぶやいた。

「前に学会で赤西先生に座長を頼んだけど、ああ見えて案外、抜け目がないみたいだね」

「抜け目がないって、どんなことですか」

無口な殿村が会話に口をはさむのは珍しい。

「講演の録画や録音に、細かな注文をつけたりとか」

意味不明だわと、山田麻弥は池野たちと顔を見合わせる。殿村の発言は、往々にしてその場の空気にそぐわない。

赤西からの連絡は、二日後の金曜日にまたもスマホにかかってきた。メールを使わないのは記録を残したくないからか。いずれにせよ、強引な誘い方は相変わらずだった。

「最上先生に話してきたよ。結果を知りたくない？　詳しい話を聞かせてあげる。今度は食事でいいよね。僕も忙しいから、空いてるのは今夜しかないんだ。来週は大きなオペがあるからね。重症管理でたぶん時間は取れないと思う」

そこまで言われれば、誘いを受け入れざるを得ない。

「君も忙しいだろうから、待ち合わせは八時でどう。いいレストランを知ってるんだ。夜景がきれいでね。メモの用意はいい？」

またも口述だ。面倒くさい男だなと思いながら、言われた場所を書き留める。大阪都心のタワーホテルの最上階にあるラウンジレストランだ。

時間ちょうどに行くと、ボーイが案内してくれたのは、窓に面した横並びの席だった。明らかにカップル用の席で、周囲も男女のペアばかりだ。

自分で時間指定をしたくせに、赤西はまだ来ておらず、出口に近いほうに座って待っていると、十五分ほども遅れて、派手なブルーのジャケット姿で現れた。

「やあ、待たせたかな」

見たらわかるだろうと思うが、奥の席に座りながらまたも腕を突き出して時計を見る。この前とはちがうロレックスで、文字盤に何やら細かい目盛りと飾りがついている。高級な時計を持つ者ほど時間にルーズだわねと、山田麻弥が無視していると、赤西は不本意そうに腕を引っ込め、ぞんざいに脚を組んで言った。

「この席、なかなか取れないんだけど、ホテルの支配人が馴染みだから、無理を言って空けてもらったんだ」

言葉の端々に自慢が入る。無視し続けるわけにもいかないので、「先生ってすごいんですね」と、仕方なく感激の素振りで応じる。赤西は勝手にシャンパンを頼み、上機嫌で乾杯したあと、早々に最上との交渉の話をしだした。

「いやあ、副院長の堅物なことにも参ったよ。消化器外科の僕がどうして喘息の治療薬を頼みに来るんだって、突っ込まれてね。ちょっと気の利く人間ならわかりそうなものなのに、あの人には魚心あれば水心なんて言いまわしが理解できないんだろうね」

「ご迷惑をおかけして申し訳ございません」

「ご迷惑だなんて、麻弥ちゃんていつも仕事モードなんだな。あ、名前で呼んじゃった。よかったかな」

まさかやめてとも言えない。曖昧に返事をにごすと、赤西はさらに攻めてきた。

「僕は頼まれ事は放っておけない性分でね。急いだほうがいいと思ったんだけど、連絡はもっと遅いほうがよかった？」

「いいえ。ずっとお待ちしていましたから、ありがたかったです」

意味不明な会話だと思いつつ、話を本筋にもどした。

「で、最上先生はどのように」

「それがさ、検討するの一点張りで、僕がいくらガルーダの長所を並べても、首を縦に振らないんだな。でも、横にも振らないから、まだまだ交渉の余地はあるよ」

結局は引き延ばしかよと、山田麻弥は舌打ちをしそうになる。

料理はコースを頼んでいるらしく、軽いアミューズから次々と運ばれてくる。

「ところで、麻弥ちゃんは彼氏とかいるの。美人だから社内恋愛は相手に困らないだろうな。それとも学生時代から付き合ってるカレがいるとか？」

「わたし、カレとかいらないタイプなんです」

「えーっ。信じられないな。じゃあ、今夜はちょっと上等のワインを開けよう」

何を考えているのか。赤西はウエイターを呼んで、ワインリストの下のほうを指さした。ソムリエがコルクを抜くと、赤西は素早くテイスティングをして、うなずいてみせる。

「シャトー・マルゴー２０１６年。五大シャトーの中でも、もっとも女性に喜ばれるワインだよ」

「ありがとうございます」

アルコールに強い山田麻弥は、これも役得かと、微笑んでグラスを掲げる。

「でも、ひとりじゃ寂しいんじゃない。僕でよかったらときどきつき合ってあげるよ」

作り笑いでスルーする。

料理はフルコースだが、幸いそれぞれの皿は軽いメニューだった。赤西はワインのグラスを空けるたび、徐々に身体を寄せてくる。山田麻弥も同じ分だけ尻をずらし、間隔を縮めまいとする。赤西は自分が飲むだけでなく、盛んに彼女にも勧め、デザートが出るころには、すでにボトルは空になっていた。赤西は食後酒にブランデーを注文し、山田麻弥にはグラッパを頼んで言う。

「麻弥ちゃんはいける口だね。でも、健康管理は十分かな」

「何のことです」

「たとえば、がん検診は受けてる？　最近は若い女性の乳がんが増えているから、乳がん検診は受けておいたほうがいいよ」

山田麻弥はさっきから赤西の視線が、自分の胸元を行ったり来たりしていることを警戒していた。

「乳がん検診は婦人科がすると思っている人もいるけど、実は外科の仕事なんだよね」

「存じてます」

「僕は消化器外科医だけど、乳腺にも詳しくてね。僕ぐらいのベテランになったら、服の上からでも診断できるよ」

ぐいと顔を胸元に寄せてくる。山田麻弥が身を引くと、赤西は愉快そうに笑う。

「アハハ。冗談冗談。でも、麻弥ちゃんの胸、高濃度乳房っぽいね」

「は？」

アルコールのせいで、少し頭の回転が鈍っていたようだ。赤西はその反応を読み取るように、鷹揚《おうよう》に説明した。

「高濃度乳房は、日本人の若い女性に多いタイプで、乳腺の密度が高いから、マンモグラフィーで全体が白っぽく写って、同じく白く写るがんが見つけにくいんだ。だから、むかしながらの触診が有効というわけでね」

言いながら右手を山田麻弥の胸元に伸ばしてくる。それをかわしながら言う。

「マンモグラフィーで見分けられなくても、エコー検査を併用すればいいんですよね」

「エコーでも微小がんは見つからんね。やっぱり触診でなきゃ。僕の指は感度抜群のセンサーなんだ」

赤西の手がブラウスのボタンに触れた。こいつ、本気だ。

「ちょっと、先生。やめてください。ほかの人が見てますよ」

「いや、ここの椅子は背もたれが高いから見えないって。僕は君のことを前からいいと思ってたんだ。君が副院長にいじめられていると聞いて、居ても立ってもいられなくなってね。僕の気持、わかってくれるだろ。ガルーダの件だって全面的に協力するよ。きっとうまくいく。だから、ね」

目を閉じて唇を寄せてくる。山田麻弥は相撲の諸手突《もろてづ》きのように赤西の肩を押しもどし、すぐ自分の身体を抱えるように身構えた。

赤西は姿勢を正し、ひとつ咳払いをして、ジャケットの内ポケットからプラスチックカードを取り出した。

「このホテルのルームキー。君が飲みすぎて倒れたら、介抱する必要があるかと思って、部屋を取っておいたんだ。君のようなステキな女性は、男にかしずかれるべきなんだよ。だから、遠慮しなくていい」

何が遠慮しなくていいだ。赤西の口説き文句に鳥肌が立ったが、それをぐっと抑えて答えた。

「大丈夫です。どうぞお気遣いなく」

「そんなこと言って、今夜の君は飲みすぎだよ。自分で大丈夫と思っているときが、いちばん危ないんだ。ほら、肩だってこんなに熱い」

強引に肩に腕をかけてくる。

「やめてください」

「それなら部屋に行こう。スーペリア・ダブルだからゆっくり休める。気分が悪そうだよ。少し横になればすぐによくなる」

マジ気分が悪い。あんたが消えればすぐによくなると思いながら、山田麻弥はきっぱりと言った。

「いい加減にしてください。これって、十分セクハラですよ。先生、わかってらっしゃるんですか。酔った勢いでというのは通用しませんから」

赤西はいったん身を引き、興奮を露《あら》わにしてまくしたてた。

「冗談言うなよ。セクハラだなんて、僕のほうこそ被害者だ。君は連絡通路で僕を待ち伏せて、おもねるような態度で相談を持ちかけ、薬の採用に無理やり協力させたんだ。わざとタイトなスカートでやってきて、スーツの胸元も大きく開いて、僕を誘惑しただろう」

「はあっ？」

いったいどこを押せば、そんな無茶苦茶なストーリーが出てくるのか。

「先生。頭、おかしいんじゃないですか」

「あ、暴言だ。いいのか、医者に向かって、頭がおかしいと言ったんだぞ。僕は君の会社に断固抗議する。色仕掛けで薬の採用を迫り、その上、言ってはならない中傷をしたとな。困るだろう。どうなっても知らないぞ。もし、反省を態度で示すなら、矛《ほこ》を収めてやってもいい。どうだ。今からでも遅くないぞ」

山田麻弥は、目の前のグラスを取って、残った酒を思い切り相手の顔にかけてやりたい衝動を、なんとか抑えた。もう十分だ。そう判断して、席を立った。

「わたし、帰ります。これ以上は、時間の無駄ですから」

最上のお株を奪うように言い放ったが、実際は無駄どころか、大きな収穫だった。

足早にラウンジを出て、エレベーターに乗り込み、扉が閉まるのを待ってから、山田麻弥は内ポケットに忍ばせたＩＣレコーダーのスイッチを切った。

7　騙し合い

所長室でパソコンに向き合っていた紀尾中に、珍しい相手から電話が入った。

「もしもし、紀尾中君。元気にしてる？」

経営企画担当の常務、栗林哲子《くりばやしのりこ》だった。

栗林は天保薬品初の女性取締役で、社長の万代智介《まんだいともすけ》からも高く評価されている実力者だ。MRとして入社し、その後、創薬開発部に移り、さらには営業部、医療情報部で実績を挙げて、三年前に執行役員となり、昨年、常務に昇格した。一時は紀尾中の直接の上司でもあった。

「栗林常務、ご無沙汰しております。おかげさまでなんとかやっております」

受話器を持ったまま頭を下げると、思いがけないことを聞かれた。

「泉州《せんしゅう》医科大学はあなたのところの担当よね。学長の乾《いぬい》先生にはご挨拶した？」

「もちろんです」

「関係はどう？」

「関係はと申しますと」

「乾先生は厳格な学究肌で有名な方でしょう。あなたにかぎって滅多なことはないと思うけど、悪い印象を持たれていない？」

乾肇《はじめ》は阪都大学の教授を定年退官したあと、請われて私立の泉州医科大学に移り、今も日本代謝内科学会の会長や、全日本内科医学会の常任理事を務める大御所である。

「大丈夫だと思いますが」

「堺営業所にお願いしたバスター5の多施設の臨床試験の結果は出た？」

「それを今度、乾先生にご報告に上がる予定です」

「わかりました」

それだけで電話は切れた。いったい何の用件だったのか。

紀尾中には思い当たることがあった。もしかしたら、バスター5のガイドライン収載に関わることではないのか。栗林は紀尾中がバスター5の開発に一役買っていることを、評価してくれていた。とすれば、彼の最大の関心事が前に進むかもしれない。

ほかの懸案、イーリア訴訟の裁判は、まだ不透明なままだし、創薬開発部が共同研究をしている新薬の開発も、未だ暗礁に乗り上げたままだ。いずれも自分がどうこうできることではないが、バスター5のガイドライン収載の件なら力を発揮できる。今の電話がその前触れであればと願いながら、紀尾中はふたたびパソコンに集中しようとした。

そのときノックの音が聞こえ、池野と山田麻弥が改まったようすで入ってきた。

「よろしいでしょうか。実は、山田が新堺医療センターの医師から、セクハラの被害を受けていまして」

池野の横で、山田麻弥が目に強烈な怒りをにじませている。

「相手は消化器外科の赤西副部長です。山田が副部長の発言を密かに録音していまして、それを編集したのがこれです」

池野は山田麻弥に指示してICレコーダーを取り出させ、録音を再生させた。

「ひどいな、これは。もしかして、言葉以上の被害もあったのか」

「それはなかったようです」

だからと言って放置できる問題ではない。

「当然、これは病院に抗議した上で、謝罪と再発の防止を求めるべきだろうな」

妥当な判断だと思ったが、池野はすぐには返事をしなかった。含みのある声で言う。

「所長。この手の問題は、どこの病院でも副院長マターですよね。つまり、窓口は最上先生です。今、うちはガルーダの採用で、最上先生がネックになっています。この件をうまく利用すれば、活路が見いだせるのじゃないでしょうか」

「セクハラの件を不問に付す代わりに、ガルーダの採用に配慮を頼むというのか」

薬を売るためには、紀尾中もさまざまな手を講じてきた。だが、この手のやり方は意に染まない。池野もそれを知っているから、強くは言えないようだ。しかし、横にいる山田麻弥は強い不満を表している。いったい何のためにリスクを冒して、あのいやらしい男と食事に行ったと思っているのかという顔だ。

その気持もわからないではないと思っていると、池野が折衷案を口にした。

「露骨に交換条件にしなくても、阿吽《あうん》の呼吸でこちらの要望を伝えることも可能ではないでしょうか」

「それならまず、赤西副部長に確認したほうがいいかもしれんな。副部長が否定したら、話がややこしくなるから」

山田麻弥が我慢の限界とばかりに声を高めた。

「この録音があるのに、否定できるわけないでしょう。動かぬ証拠じゃないですか。否定するならマスコミにバラすと脅してやればいいんですよ。府立病院の外科副部長のセクハラなら、週刊誌が飛びつきますよ」

「わかった。被害を受けてつらい思いをしたのは山田さんだからね。だけど、ものには順序というものがある。本人への確認は私も同席するから、それで納得してくれないか」

山田麻弥は不満そうだったが、池野に促されて所長室を出て行った。

赤西が面会に応じるかどうかも危ぶまれたが、池野が申し入れると、意外にすんなりアポをくれたようだ。


翌日の午後、紀尾中が池野と山田麻弥を連れて新堺医療センターを訪ねると、赤西は管理棟の応接室で待っていた。

「天保薬品の営業所長と、チーフMRさんまで揃って、いったい何のご用件ですか」

赤西はさも迷惑だといわんばかりに言った。紀尾中が単刀直入に話を切り出す。

「ここにおります山田が、先日、先生に食事に誘われ、セクハラに当たる言動があったと承知しています。そのことについて、赤西先生のご認識をうかがいに参りました」

となりで山田麻弥が、言い逃れは許さないという目で赤西をにらみつけている。赤西はいかにも不愉快そうに鼻を鳴らした。

「無茶を言ってもらっては困りますよ。セクハラ行為は、そちらのMRさんでしょう。よくもそんな難癖をつけられるものですね。被害者は私のほうです」

山田麻弥が食いつかんばかりに身を乗り出すのを抑え、紀尾中が冷静に訊ねた。

「先生のほうが被害者とは、どういうことでしょうか」

「露骨な誘惑を受けたんですよ。私に一方的な好意を抱き、あまりに積極的にアプローチしてくるものだから、私も憐《あわ》れを催して、食事くらいならと、高級ワインまでご馳走して差し上げたのですよ。酔いのせいで私も多少、不適切な言動はあったかもしれませんが、女性がその気なのに、無視すれば彼女のプライドが傷つくだろうと思って、無理に積極的に出たまでのことです。そこを誤解されませんように」

山田麻弥は我慢しきれず、立ち上がりそうな勢いで言った。

「わたしがいつ先生に好意を持ったというんです。よくそんなデタラメが言えるものですね。医師として恥ずかしくないんですか。そもそも先生が……」

紀尾中が左手で彼女を制し、穏やかにうなずく。

「赤西先生。ここで水掛け論をしてもはじまらないので、我々が用意した録音を聴いていただけますか」

紀尾中の合図で、池野がICレコーダーを取り出し、テーブルの中央に置いた。赤西の顔色が変わる。ざまあみろというように、山田麻弥が勝ち誇った笑みを浮かべた。

『……麻弥ちゃんの胸、高濃度乳房っぽいね。……やっぱり触診でなきゃ。……僕は君のことを前からいいと思ってたんだ。……ほら、肩だってこんなに熱い。……それなら部屋に行こう。スーペリア・ダブルだからゆっくり休める……』

赤西は頬が紅潮し、顔全体が怒りに震えている。

「よくもこんなものを……」

どうだと言わんばかりに見返す山田麻弥を、紀尾中はふたたび制して言った。

「これは会話のごく一部です。私は当夜のすべての会話をオリジナルで聴いています。先ほど赤西先生がおっしゃった説明とは食いちがうようですが、いかがですか」

これでもう逃げ場はないだろう。そう思ったとき、赤西がソファにもたれ、不敵な笑いを浮かべた。

「まさか食事のときに隠し録りされていたとはね。しかし、私だってバカじゃない。最低限の自衛手段を講じていますよ」

赤西はおもむろに白衣の内側に手を差し入れ、同じような小型のＩＣレコーダーを取り出した。池野が再生した機器の横に置き、再生ボタンを押す。聞こえてきたのは信じられない言葉だった。

『……赤西先生。……すてきです。……好きですよ。……特別扱いにして、……何でもいたします。……大丈夫です。……先生ってすごいんですね……、ずっとお待ちしていましたから、ありがたかったです……』

「これも動かぬ証拠でしょう」

赤西が余裕の表情で言う。

山田麻弥は口を半開きにしたまま固まっている。自分の耳が信じられないようすだ。それでも辛うじて声を震わせた。

「うそ――。こんなこと言った覚えはありません」

しかし、録音されているのは紛れもなく彼女の声だ。山田麻弥は赤西にもう一度再生するよう求めた。

「何度でもお聴かせしますよ」

赤西は薄笑いを浮かべてICレコーダーを操作する。山田麻弥は懸命に耳を傾けている。

そして、はっと気づいたように言った。

「この録音は意図的に編集されたものです。わたしが『すてきです』とか、『好きですよ』と言っているのは、呼び出されたカフェの内装について言ったものですし、『何でもいたします』と答えたのも、MRとして必要なことであればということです。『ずっとお待ちしていました』と言ったのも、最上先生に話していただいた結果を待っていたということです」

「じゃあ、都合のいいところをつなぎ合わせて、さも君が先にアプローチしたように見せかけているんだな」

「そうです。悪質な編集です」

あきれ果てた顔の池野に、山田麻弥が叫んだ。すかさず赤西が言い返す。

「そちらの録音も編集してあるじゃないですか。しかも、相当意図的に」

「それならオリジナルを出してください。こちらはいつでもお出しします」

「あー、あったかな。何しろ資料が山積みだからな。もう処分したかもしれない」

まるで悪徳政治家のような言い逃れだ。

「いずれにせよ、あなた方の編集録音には私も自前の録音で対抗します。最近、セクハラ問題で政治家や医者がマスコミで騒がれていますが、隠し録りしている段階で、私はある種の罠の疑いがあると思いますね。だからこそ、こちらも策を講じたわけで」

紀尾中の横で山田麻弥が音がするほどの歯ぎしりをした。このままだと相手の顔に唾でも吐きかけかねない。紀尾中はできるだけの自制心を発揮して言った。

「この件はいったん持ち帰らせていただきます。弊社内でも再調査をいたしまして、事実関係を明らかにしたいと存じますので」

「結構。せいぜい御社の看板に傷がつかないようにすることだな」

そこで面会は打ち切られた。

本館の玄関を出ると、山田麻弥が我慢しきれないように地団駄を踏んだ。

「悔しい。あんな録音を用意しているなんて、あの医者、どこまで卑怯なんだろ。ぜったいに許せない」

「まったくだ。それにしても、赤西は確信犯もいいところですね。いつもあんなふうにやって、自己防衛してるんだろうか。なんて下劣なヤツなんだ」

池野の言葉に、紀尾中がうなずいた。

「向こうがあんなものを用意していたとなると、最上副院長への直訴はむずかしいな。次の手を考えたほうがよさそうだ」

紀尾中の頭にあるのは、今、池野が洩らした「いつもあんなふうに」という言葉だった。

*

「赤西副部長は、おそらくほかでも似たような手口を使っているだろうから、調べてみてくれないか」

紀尾中の指示は、院内のセクハラ事例を洗い出して、山田麻弥の件との合わせ技で追い込もうというものだった。

山田麻弥は池野とともに、新堺医療センターに向かい、顔見知りの看護師から話を聞こうとした。しかし、思うような結果は得られなかった。

「赤西副部長は、二番目の奥さんの手前もあって、今は看護師に手を出すのを控えているようだな。それでＭＲの君に狙いをつけたのかもしれん」

迷惑な話だ。山田麻弥は池野の言葉に顔をしかめた。

彼女が有望な情報を手に入れたのはその週末だった。週明け、さっそく紀尾中と池野に報告する。

「看護師に手を出さないのならと考えて、薬剤部で話を聞いてみたんです。そしたら去年一人、薬剤師さんがやめていて、原因が赤西先生らしいんです。石村《いしむら》さとみさんという女性で、連絡先を教えてもらい、話を聞いてきました。そしたらドンピシャ。わたしよりひどい被害に遭ってました」

石村さとみは新堺医療センターに勤めて二年目の若い薬剤師で、現在は南区の個人病院で働いていた。話を聞きに行くと、はじめは渋っていたが、山田麻弥が自分も被害者だと言うと、あらいざらい話してくれた。

「彼女のプライバシーがありますから、具体的なことは話せませんが、実際の行為での被害もあったようです。彼女がいちばん怒っていたのは、赤西先生が自分の行為を正当化するために、石村さんとの会話を密かに録音した上で編集して、あたかも彼女のほうから誘いをかけたような録音をねつ造していたということです」

「それって、おまえのときと同じじゃないか」

池野が思わずあきれた。

「わたしもアタマに来すぎて、笑っちゃいましたよ」

「ほんとに卑劣な男だな」

紀尾中がいつも微笑んでいるような目に怒りを浮かべる。

「石村さんは改めて怒りに火がついたみたいで、許せないって、今にも警察に訴えて出そうな勢いでした」

「警察はどうかな。強制わいせつとまではいかないだろうからな。所長、ここはやっぱり我々の手で赤西に天罰を与えるべきじゃないですか」

池野が言葉を強めたが、紀尾中はすぐにゴーサインを出さなかった。

「山田さんの調査はお手柄だ。だけど、ちょっと考えさせてもらえるかな。せっかくの情報だから、効果的な使い方を考えたいんだ」

なぜ、今すぐ最上に訴えないのか。同じ手口で二人も被害者が出ているのにと、山田麻弥は焦《じ》れったい気持を抑えきれなかった。

所長室を出たあと、八つ当たりするように池野に聞いた。

「所長はいったい何を考えているんですか。これ以上ないネタをつかんできたのに」

「所長は赤西のネタをガルーダ採用の交換条件に使うのを、潔《いさぎよ》しとしないんだろう。今、最上先生のところに苦情を持ち込めば、下心があると見られる危険性があるからな」

「下心、上等じゃないですか。実際、そうなんだから」

「紀尾中さんはそういうのを嫌うんだ。あの人は理想家肌だから」

「意味わかんない。ほかに効果的な使い方があるんですか。それとも、ただ手をこまねいているのが有効なんですか」

山田麻弥は皮肉たっぷりに言って、自席にもどった。


彼女の皮肉は、翌週、意外な形で現実になった。

紀尾中が動く前に、最上のほうから電話がかかってきたのだ。

「当院の赤西が、御社のＭＲの女性にたいへんなご迷惑をおかけしたようで、誠に申し訳なく思っています。ついては、そちらに謝罪にうかがいたいのですが」

思いがけない申し出に、紀尾中は恐縮して、こちらからお話をうかがいに行くと返事をしたようだ。

その日の午後、山田麻弥が紀尾中と池野に従って副院長室に出向くと、最上は三人に応接ソファを勧めて、深々と頭を下げた。

「当院の薬剤師をしていた女性から、赤西に卑劣なセクハラ行為をされた上、ねつ造録音で陥れられ、泣き寝入りの形で退職せざるを得なかったという訴えがありました。なぜ、今ごろになって訴えるのかと聞くと、同じ手口で御社の女性MRにセクハラ行為があったことを知ったからだと申しておりました」

つまり、石村が山田麻弥の話を聞いて、警察に行く代わりに最上に訴えて、赤西を断罪したのである。

「ご承知の通り、当院は折から、御社の喘息治療薬の採用を求められており、今の時点で赤西の不行状を持ち出されれば、私は薬事委員長として苦しい立場に立たされるところでした。それをせずに、事態を静観していただいたことは、誠にご寛大な対応と感謝する次第です」

思いがけない展開に、山田麻弥は紀尾中の読みの深さに感服した。これでガルーダは採用になるだろう。喜んで背筋を伸ばすと、紀尾中も鷹揚に最上に応えた。

「当方は、別段、最上先生のお立場に配慮したわけではございません。薬の採用について、余計な臆測を呼んではいけないと思い、少し時間を置くのがよいと判断したまでございます」

「賢明なご判断、感服いたします。本来でしたら、赤西も同席して謝罪すべきなのですが、薬剤師からの訴えのあと、事実関係を問いただすと、逆上して辞表を出しましたので、不在をどうぞお許しください」

ガルーダさえ採用になれば、赤西の顔など二度と見たくもない。そう思っていると、最上が山田麻弥に向かって言った。

「この度はほんとうに申し訳なかった。この通り私からも謝罪させてもらいます」

「最上先生が謝罪される必要はございません。それより、弊社のガルーダを、ぜひよろしくお願いいたします」

最高の笑顔を向けると、最上の表情が急変し、それまでの和やかさが一気に消えた。

「君はこの件を、薬の採用の交換条件にするつもりなのですか。それとこれとはまるで別問題でしょう」

「あ、申し訳ございません」

山田麻弥は急いで謝ったが、手遅れだった。池野が必死にフォローする。

「決してそんなつもりはありませんので。今のは山田の勇み足です。どうぞご放念なさってください」

それでも最上の顔に柔和さがもどることはなかった。

そのまま副院長室を辞し、駐車場まで来て、ようやく紀尾中が口を開いた。

「バカ」

「すみません」

山田麻弥は消え入りそうな声で言い、池野が運転する車の助手席で肩を落とした。

翌月の一日。新堺医療センターに薬剤を納入している卸業者から、山田麻弥に連絡が入った。

「御社のガルーダが、今月から仮採用になりました」

「どういうことですか」

「薬事委員会で、申請が通ったんでしょう」

やはり最上が配慮してくれたのか。

紀尾中に報告すると、にこやかな目をいっそう細めてほめてくれた。

「そうか。よかったな」

池野も笑顔でねぎらってくれる。

「最上さんを怒らせたときは、どうなることかと思ったけど、結果オーライだったな」

「ありがとうございます」

「すぐ最上先生に礼を言ってこいよ。今後のこともあるんだから」

池野に言われ、山田麻弥は新堺医療センターの副院長室を訪ねた。

「最上先生。この度はありがとうございました。わたしもいろいろ勉強になりました」

二度まで逆鱗に触れたことを踏まえて、深々と頭を下げた。

最上は執務机に座ったまま、何食わぬ顔で言った。

「ガルーダのことですか。あの薬は効果および安全性を検討した結果、特例として採用に値すると判断したのです」

あくまで赤西の件とは無関係というスタンスだ。

まったく素直じゃないんだから。密かにひとりごち、山田麻弥は副院長室をあとにした。


少しして、赤西が離婚の協議中だという噂が伝わってきた。話を持ってきたのは池野だ。

「例の薬剤師が赤西の自宅に写真を送りつけたらしい。赤西とのツーショットと、ラブホの写真だそうだ。奥さんが事実確認に薬剤部に乗り込んできて、大騒ぎになったんだと」

さらには、赤西の父親が経営していた自由診療のクリニックが、巨額の脱税で摘発され、父親が逮捕されたニュースが新聞に出た。赤西自身は逮捕を免れたようだが、家庭も財産も失い、たぶん、車も時計も手放さざるを得なかったことだろう。

「天罰覿面《てきめん》だな」

池野は憐れむように言ったが、山田麻弥の頭からは、すでに赤西のことなど完全に消えていた。

8　MR戦略

仕事が一段落したらしい池野が、チラと壁の時計を見て市橋に言った。

「たまにはいっしょに昼メシ、行くか」

「いいですね」

「山田はどうだ」

「そうですね。ごいっしょします」

いつも寸暇を惜しむように仕事をしている山田麻弥が、珍しく同意した。

「少し歩くが、いい店があるんだ」

池野が先頭に立ち、連れだって営業所を出た。十分ほど歩くと、路面電車の大通りに面したところに、古民家を改装したカフェがあった。

「池野さん。意外にオシャレな店を知ってるんですね」

山田麻弥が感心すると、池野はまんざらでもないようすで返した。

「MRならうまい店とか洒落《しゃれ》たバーを押さえとくのも仕事のうちだぞ。いつドクターに聞かれても答えられるようにな」

「わたし、飲み食いには興味ありませんから。昨日のお昼もカロリーメイトだったし」

「僕はコンビニのサラダと海老カツバーガー」

「おまえら、貧しい食生活だな。たまにはまともなものを食えよ」

店内に入って、四人掛けのテーブルに座る。古民家らしく漆喰《しっくい》の壁に黒い柱がはめ込まれ、天井は杉の板張りになっている。

「池野さんが担当している《マーリック》、売り上げがいいみたいですね」

料理を注文したあと、市橋が羨望半分に言った。マーリックは大腸がんの分子標的薬で、池野が重点担当している抗がん剤である。

「今はありがたいことに、日本人の二人に一人はがんになる時代だからな」

「ありがたいって」

市橋が池野の冗談ともつかない言葉に苦笑を浮かべる。

「だけど、マーリックの売り上げもそのうちガクンと落ちるんじゃないですか」

山田麻弥が意地の悪い言い方をし、池野が顔をしかめる。

「うちの会社も困るよな。なんであんな余計な研究をするのかね」

「余計な研究って？」

話が見えない市橋に、池野が説明した。

「マーリックは特効薬的によく効くが、効くのはだいたい五人に一人だ。で、今、うちの医薬研究部はどのタイプの大腸がんに効くか、遺伝子変異の研究をしてるってわけだ」

それのどこがいけないのか。まだわからない市橋に、山田麻弥が焦れったそうに教える。

「どのタイプに効くかわからないから、今は大腸がんの患者全員にマーリックを投与できるのよ。効くタイプがわかっちゃうと、そのタイプにしか使えない。つまり、売り上げが五分の一に落ちるということ」

「でも、マーリックには副作用もありますよね。だったら効かない患者さんには投与すべきではないんじゃないですか。患者さんのことを第一に考えれば」

「〝患者ファースト〟ってやつね」

山田麻弥が揶揄《やゆ》するように嗤う。

「市橋君に言っておくけど、会社が儲けることは、世間にとってもいいことなのよ。その利益で次の新薬の研究ができるんだから。大学の研究者だって研究費が必要で、国の科研費なんかではとても足りない。だから、製薬会社が有望なシーズ（研究材料）を選んで、研究支援をするんじゃない。そのためには儲けなきゃいけない。製薬会社以外に薬を供給するところはないんだからね」

　そういう言い方もできるかもしれないが、かなり我田引水に聞こえる。市橋が反論しかけると、先に山田麻弥が池野に聞いた。

「うちの医薬研究部は、どうしてそんな社益に反するような研究をするんですか」

「社長命令らしい。医薬研究部長に直々のお達しがあったそうだ」

　市橋は今度は発言を遮られないように早口に言った。

「それはやっぱり患者ファーストだからですよ。入社式の式辞で万代社長がおっしゃっていましたもん。我々は常に患者ファーストの心がけを忘れてはならないって」

　一年半前の入社式を思い出す。雛壇《ひなだん》に居並ぶ会社役員の中で、社長の万代智介は、飛び抜けた存在感を放っていた。豊かな半白髪をオールバックにして、堂々たる体格で会場を見渡していた。目力の強い二重まぶたは、温和さと厳しさの両方を感じさせ、頬もシャープで、口元にも品位があった。

　その万代が、百五十名近い新入社員に向かって言ったのだ。

「その言葉、わたしも入社式のときに聞いたけど、どこまで本気なのって感じだったわ。社長がマーリックの効く遺伝子変異を調べさせてるのは、もっと深い理由があるんじゃないかな。たとえば――」

山田麻弥が自問自答するように言った。「その研究をすることで、医療界の信頼をさらに高めようとしてるとか」

「あるいは、その研究を進めることで、別の抗がん剤が見つかる可能性があるとかだな」

池野も同じ方向で続けたが、市橋は同調できなかった。患者ファーストは、所長の紀尾中も常々言っていることだ。池野も山田麻弥もどうして素直に信奉できないのか。

作務衣《さむえ》姿の店員が料理を運んできた。池野は豚のしょうが焼きセット、山田麻弥はベーグルのサンドイッチ、市橋はカツのせハヤシライスだ。

「おまえら、俺が若くしてチーフになった理由はわかるか」

池野が豚肉を口に運びながら聞いた。山田麻弥が食べかけのベーグルを皿に置く。有益なアドバイスが聞けるという顔だ。

「ドクターの信頼を得てきたからだ。そのために必要なものは何だ、市橋」

「まずは時間に遅れないとか、頼まれたものは必ず持っていくとかですね。軽口のような約束でも守れば、信頼されるんじゃないですか」

「そんなのは基本中の基本だ。それに軽口のような約束でも、じゃなくて、軽口のような約束こそだ。意外性があるからな。山田、おまえはどうだ」

「医師が必要としている情報を、的確に提供することじゃないですか。薬の効果や副作用について有益なアドバイスをして、ほかのMRより役に立つ存在だと感じさせれば信頼されると思います」

「それも必要だが、足りないな。効果的なのは、医者が処方に迷っているとき、他社の薬を薦めることだ」

「そんなことをしたら、自社の薬が処方されなくなるじゃないですか」

市橋が声をあげると、池野はあきれたように首を振る。

「おまえは〝損して得取れ〟という言葉を知らんのか。他社の薬を薦めると、医者は公平な情報提供をするMRだと感じる。そうやって信頼を得たあと自社製品を推《お》していくんだ」

山田麻弥が深くうなずく。

「医者に信頼されるようになったら、次は医者が治療の相談をしてくるMRになることだ。市橋、おまえは自分が担当している薬の添付文書をすべて暗記しているか」

「一応は」

「一応じゃダメだ。一字一句を暗記して、関連の論文も頭に叩き込んで、常に自分に都合のいい説明ができるように準備しておく」

続いて山田麻弥に訊ねる。

「山田もいずれ抗がん剤を担当するようになるだろう。抗がん剤は副作用が強いから、専門医でも処方に迷うことがある。そんなとき、最適な処方を聞かれたらどうする」

「患者のステージに合わせ、ガイドラインに沿った処方を……するだけではだめですね」

教科書的な発想では答えにならないと気づいたのだろう。素早く考えを巡らせる。

「患者の体格、アレルギーの有無や、生活習慣、これまでの治療の効果など、できるだけ詳しい情報をドクターから聞き出して、適切な処方を提案します」

「そんな質問攻めにしたら、二度と相談してもらえなくなるぞ。医者がMRに処方を聞くのは、手っ取り早く正解を知りたいからだ。俺ならここぞとばかりにカルテを見せてもらう」

市橋が驚いた声をあげる。

「カルテは個人情報じゃないですか。見せてもらっていいんですか」

「もちろん、原則は禁止だ。しかし、医者なら主治医以外でも見ることはある。看護師も必要に応じて情報を得ている。俺たちは資格のあるMRなんだ。患者に最適な処方をする手助けになるんだから、堂々と見ていい。もちろん守秘義務はあるがな」

横から山田麻弥が話を引き取る。

「ついでに、検査データも手に入れるというわけですね。肝機能や腎機能を知っておけば、それに応じて副作用の出にくい処方を提案できますもんね」

山田麻弥のドライすぎる性格は好きになれないが、頭の回転の速さは認めざるを得ないと、市橋は素直に感心する。

「カルテを見せてもらえるようになれば、症例ベースの活動が可能になる。そこまで信頼関係ができれば、あとは楽だぞ。ほぼこっちの思い通りの処方をしてもらえるようになる。もちろん、表向きは下手に出て、医者をほめまくる必要はあるがな」

「市橋君、できる？」

ふたたびベーグルを頬張りながら、山田麻弥が上から目線で聞いた。営業所ではいつもツンケンしているくせに、医者の前に出た途端、とびきり愛想のいい笑顔を浮かべるのは彼女の得意技だ。池野も医者の前では卑屈と思えるほど低姿勢を貫く。市橋もできるだけ愛想のいい顔を作るが、根が正直な分、どうしても演技っぽくなってしまう。

食事のあと、池野は店員にコーヒーを頼んでせわしなく爪楊枝を使った。三十八歳にして完全にオヤジだ。それでもこうしてＭＲの戦略を教えてくれるのだから、親切な上司ではある。市橋はふたたび万代の式辞を思い出した。

「入社式で社長は、天保薬品は社員を家族と考えているとおっしゃっていました。こうして食事をしながらチーフに仕事のノウハウを教えてもらうと、たしかに家族みたいに感じますね」

「ちょっと、気持の悪いこと言わないでよ。社員が家族なわけないでしょう。池野さんがノウハウを伝授してくれるのは、わたしたちがあまりに未熟だからよ。でしょう？」

「いや、そこまで厳しく見てないけどね。しかし、社員が家族、みたいな甘い期待は持たないほうがいいだろう」

「この前やめた村上君だって、結局は守ってもらえなかったじゃない」

村上が康済会病院の立岩院長に怒鳴られて会社をやめたのは、市橋にもショックだった。

池野も思い出したようにため息をつく。

「彼は殿村さんのチームだったからな。それがちょっと気の毒だったかも」

「どうしてです」

「殿村さんはコミュニケーションが取りにくいところがあるだろ。ここだけの話、どことなく発達障害っぽいし。それでうまく村上を慰留できなかったんじゃないか。肥後さんならよかったかもしれないが」

「肥後さんならどんなふうになだめるんです？」

「くだらんことでクヨクヨするな、怒鳴るヤツはアホや、とかなんとか言うんじゃないか。あの人としゃべってると、つまらんことで悩む必要がないように思えるだろ」

出世ラインからはずれている肥後には、池野も気を許しているようだった。市橋の感慨をよそに、山田麻弥が興味深そうに訊ねた。

「村上君がうちのチームだったら、池野さんはどうなだめます」

「俺はなだめたりせんよ。なだめたって、やめるヤツはやめるからな」

「ですよね」

我が意を得たりという返事だった。池野に家族を感じたのは、やはり錯覚だったのかと市橋は小さくため息を洩らした。

9　患者ファースト

その日の午後、池野慶一は美原区《みはら》にあるグラーベン総合病院に向かった。

グラーベン総合病院は、民間病院だがベッド数五二二床、医師数一七二人を擁し、地域の基幹病院として大阪府のがん診療拠点病院にも指定されている。

右側の追い越し車線を走りながら、池野はさきほどの市橋の言葉を思い出した。

――それはやっぱり患者ファーストだからですよ。入社式の式辞で万代社長がおっしゃっていましたもん。

たしかに万代は「患者ファースト」をよく口にする。所長の紀尾中も同じだ。だが、それはあくまで建前のはずだ。そう言えば、この前、テレビのインタビューで主婦らしい女性がこんなふうに言っていた。

――医療者には当然、患者のことを第一に考えてほしいですね。

よくもそんな厚かましいことが言えるものだ。患者の利益は重視するが、それはあくまでこちらの利益を損なわない範囲でだ。医師も看護師も同じはずだ。自らの利益や生活を犠牲にしてまで、患者を優先する医療者がどこにいるものか。

ぎりぎりで赤信号に引っかかり、池野は舌打ちをする。

グラーベン総合病院で池野が担当しているのは、大腸がんのマーリックと、胃がんと膵臓《すいぞう》がんに効能が認められた新薬《ザライム》である。

最初のアポは消化器外科医長の田辺《たなべ》だった。大腸疾患グループの一員で、現在三十九歳。手術は好きだが、それ以外はあまりやる気がない。趣味はゴルフと手術の自慢話。

医局の大部屋に行くと、田辺は自分の机でゴルフ雑誌を読んでいた。

「田辺先生。最近、こちらのほうはいかがですか」

挨拶のあと、ゴルフのスイングを真似て見せる。

「この前、六甲国際に行ったら、途中から雨でさ。ハーフでやめて帰ってきたけど、箕谷《みのたに》インターで野生のイノシシと遭遇してびっくりしたよ」

「このごろ多いらしいですね。住宅地にも出没するって、ニュースで言ってましたよ」

田辺と話すときは、まずはゴルフの話題で雑談する。

「ところで、相変わらず手術のほうもお忙しいんでしょう。でも、先生は手術の手が速いから余裕でしょうね」

自慢の虫が疼《うず》いているのはミエミエだから、話しやすいように水を向ける。

「この前もな、マイルズのオペ（直腸がんの根治手術）、二時間ちょいで終わったよ。出血量も三百超えずで」

「すごいですね。その出血量なら、当然、輸血もなしですね。さすがは田辺先生」

田辺は単純だから、褒め言葉も工夫しなくていいのが楽だ。

「ところで、その患者さん、術後の抗がん剤治療はどんな感じでしょう」

「リンパ節の転移はないし、もう七十四歳だし、いらないんじゃないか」

「いやいや、高齢の患者さんだからこそ、予防的投与が必要なんじゃないですか。弊社のマーリックは副作用も軽いですし」

「だけど、マーリックは五人に一人しか効かないだろ。それに予防的投与だと、再発がなくても、薬で抑えられたのか、元々再発しなかったのかわからんじゃないか」

「そんなことをおっしゃらずに、お願いしますよ。阪都大学の消化器外科の野川《のがわ》教授も術後の予防投与は有効だとおっしゃっていますから」

田辺は薬物治療に自信がないから、有名医師の治療法を気にする。もう一押しだ。

「田辺先生の手術で再発するなんてことはまずないでしょうが、ここは念のため、転ばぬ先の杖、備えあれば憂いなしですよ。患者さんもそのほうが安心でしょう」

「しょうがねぇな。じゃあ、退院するときに出してやるか」

「ありがとうございます！」

一丁上がりだ。田辺はたいてい希望通りの処方をしてくれる。もちろん信頼があってのことだ。その信頼を得るまでに、池野は田辺の個人情報を巧みに聞き出し、それに配慮した話題で関係を深めてきた。

それにしても、予防的投与はほんとうにありがたい。必要かどうかわからないのに使い続けてくれるのだから。いやいや、これも患者のためだと、池野は自分に言い聞かす。


次に向かったのは消化器外科部長の岸《きし》の部屋だった。

ノックをしてから、精いっぱい畏まって扉を開ける。部長室といっても三畳ほどの狭い部屋だ。岸は権威を重んじる六十歳。田辺とちがってヘラヘラした笑顔は禁物だ。

「お忙しいところ、お時間をいただきまして、誠にありがとうございます。本日は弊社のザライムのご説明にうかがいました」

用意したパンフレットを素早く渡す。池野はMRになってから、背が低く生まれてよかったと思っている。大学時代まではコンプレックスだったが、今はこれがひとつの武器だ。長身のMRのように過剰に身を屈めなくても、自然に低姿勢を演出できる。

パンフレットを一瞥《いちべつ》して、岸が言った。

「ザライムの話はこの前も聞いたろ」

「恐れ入ります。今回、新たな論文が出ましたので、パンフレットを一新した次第です」

単剤と二剤併用の比較試験の論文で、実際にはこれまでの治験結果と大した差はない。それでも会社はいち早く取り入れ、パンフレットを新たにして宣伝に活用する。

「岸先生の患者さまで、今現在、術後に抗がん剤を使われている方はいらっしゃいますでしょうか」

「そりゃ何人かいるがね」

「因みに、抗がん剤は何をご使用で」

「《ドレスタン》だよ」

「あー」

驚きと失望をまぜた声をあげる。ドレスタンはケルン製薬が出している薬で、ザライムのライバル薬だ。岸はがんが再発した患者にいずれもドレスタンを使っている。これをザライムに変更させなければならない。

「岸先生。ドレスタンはもう古いですよ。腎機能障害もありますし、吐き気を訴える患者さんも多いのではありませんか」

製薬協の取り決めでは、他社製品を貶《けな》すことはもちろん、自社製品以外には言及してはならないことになっている。だが、密室ならバレる危険性は低い。そこまで言えるのは、池野が岸の信頼を得ているからだ。

「パンフレットをご覧ください。ザライムは白血球の減少も少なく、吐き気もほとんどありません。さらには肺がんの非小細胞がんにも適応が認められる見通しです」

ザライムが肺がんに適応を認められても、胃がんの患者には何の意味もない。しかし、池野がいかにも理路整然みたいな口振りで話すことで、なんとなく岸の気持も動きそうになる。岸も抗がん剤については勉強不足なのだ。

「ザライムを使ってもいいが、急に薬を変えたら患者が不審に思うんじゃないか」

「新薬が出たとおっしゃればいいんです」

「去年出た薬なのにか」

「いつ出たと言わなければいいじゃないですか。新しい薬が出たというのはまちがいではないのですから」

嘘ではないが、わざと誤解を招くような言い方に、岸は釈然としないものを感じているようだ。

「でしたら、患者さまに決めていただいたらいかがです。新しい薬もあるのだけれど、使ってみるかと提案する形で」

たいていの患者は新薬を選ぶだろう。それにしても、再発した患者は本来、外科ではなく腫瘍内科が治療すべきなのに、岸は腫瘍内科の部長と犬猿の仲らしく、滅多に患者を紹介しない。手術にしか興味のない田辺も同じで、いずれも患者ファーストとは言えない対応だ。

そんな思いをおくびにも出さず控えていると、岸がおもむろに言った。

「それじゃ、次回からザライムに変えてみるか」

「ありがとうございます。きっとご期待に沿えると存じます」

よし、と内心でガッツポーズを決めて、池野は岸の部屋を辞した。

次のアポは腫瘍内科の医長、小早川《こばやかわ》だった。

小早川は四十二歳の独身。岸や田辺とは大ちがいの勉強家で、論文も多数、書いている。患者の治療に生き甲斐を感じているような熱心な医師だが、患者ファーストというのとは微妙にちがう。治療原理主義者とでもいうべき偏屈な医師なのである。

——私は患者の生存期間を重視しています。ＭＲに求めるのも、それに役立つ情報です。

最初に挨拶をしたとき、小早川は青白くこけた頬を強張らせて明言した。つまり、患者が副作用に苦しもうと、延命効果があるうちは強力な治療を続けるというスタンスだ。彼が論文に採り上げるのは、生存期間のデータだからだ。

腫瘍内科医は抗がん剤治療のエキスパートだけあって、口先だけのセールスは通用しない。副作用のマネージメントも厳密になるから、症例ベースのやり取りが中心になる。

「先月十日からマーリックを使っていただいているK・Yさん、経過はいかがですか」

個人情報の建前上、小早川は患者をイニシャルで呼ぶよう求めている。池野は患者の受診日、検査日、体調など、必要なデータはあらかじめ把握している。

「当たりのようです。肝転移の腫瘍が一八パーセント縮小しています」

小早川がモニターにMRI画像を表示して前回の画像と比べる。口調はていねいだが、親しみは感じられない。それでも池野は精いっぱい愛想よく応える。

「このまま継続していただければ、来月にはさらに効果が期待できますね。腎機能や白血球の減少などはいかがでしょうか」

すかさず訊ね、データを表示してもらう。

「大丈夫そうですね。よかった」

池野は用意したノートに素早く写し取る。これらは最新のデータとして、次の説明会や医師への情報提供に利用される。

「マーリックの継続をお願いしたM・Mさんはどうでしょう」

この患者はおそらく効かないタイプだが、少しでも売り上げにつなげるよう、念のためにもう一クールと頼み込んだのだ。

「だめです。反応がないだけでなく、腹膜転移が起きています」

「では、中止ということで」

引くときは潔く引く。

「ザライムを使っていただいている胃がんのH・Cさんはいかがですか」

「彼女は下痢が続いています。止瀉《ししゃ》剤を処方しましたが、収まらなくて困っています」

「ちょっと、データを拝見」

デスクに手を伸ばして、マウスで電子カルテを操作する。これまでの活動で、カルテを自由に見せてもらえるくらいの信用を得ている。

「過敏性腸症候群の可能性もあるんじゃないでしょうか。でしたら、少量のトランキライザーを処方していただければ。たとえば《ルシファー》とか」

ルシファーはもちろん天保薬品の精神安定剤である。

「下痢はどうしますか」

「こういうケースは漢方が効くかもしれませんよ。五苓散《ごれいさん》とか、桂枝加芍薬湯《けいしかしゃくやくとう》とか」

他社の薬だが、MRは漢方の知識にも通じていなければならない。

ここまでは前振りである。小早川に使わせたいのは、膵臓がんの患者へのザライムである。何食わぬ顔で話を進める。

「ステージ4の膵臓がんで、一次治療をされていたN・Oさんはその後、いかがですか」

この患者は七十九歳の男性で、肝臓に転移があり、一次治療として、複合抗がん剤の〈FOLFOX〉と、ドレスタンの併用を受けていた。しかし、たぶん効果が出ていないので、そろそろ二次治療に移る時期だった。すなわち、薬を変えるタイミングである。

「だめですね。次は〈FOLFIRI〉とドレスタンで行こうと思ってます」

「いや、先生。ここはザライムじゃないですか」

間髪を容《い》れずに提案し、用意した論文のコピーを取り出す。

「血管新生阻害剤の第Ⅲ相臨床試験の一覧です。ご覧の通り、ドレスタンの臨床試験は三施設であるのに対し、ザライムは五施設で行われています。さらに、ドレスタンではFOLFOXの併用しか行われておりませんが、ザライムはFOLFOX、FOLFIRIの両方で二次治療における有効性が証明されております」

小早川がコピーを受け取り、詳細に検討する。MRの説明だけですんなり納得しないのが、やりにくいところだ。思った通り、小早川が最後まで論文を読んで指摘する。

「この論文は、ザライムとドレスタンのそれぞれの長所と短所をまとめただけで、どちらが優れているとは言っていない。結局のところ、効果も副作用もほぼ同じというのが、一般の認識だと思いますが」

その通りだ。さらに小早川が追い打ちをかける。

「にもかかわらず、薬価は御社のザライムがドレスタンの二・五倍もするのですから、患者負担や医療費の問題を考えたら、ドレスタンを使うのが合理的でしょう」

ここで引き下がっては営業にならない。

「ですが、小早川先生。ザライムは新しい薬なんです。ドレスタンが出たのは四年前でしょう。患者さんも新しい薬を喜ばれるんじゃないですか。それに患者さんの負担は、高額療養費制度で補塡《ほてん》されるから同じでしょう。医療費の問題はたしかにありますが、次のステップに進むためにも、新しい薬を使うほうが可能性はあると思いますが」

小早川は首を縦にも横にも振らない。池野はさらに押す。

「この患者さんは七十九歳でしょう。頑張れば先生が目指しておられる、〝がんを持ったまま天寿を迎える〟の状態に持っていけるのじゃありませんか」

それは小早川がいつも言っている腫瘍内科のスローガンである。腫瘍内科は治らないがんを治療する科なので、「敗戦処理」と見なされることも多い。それに対し、小早川が提唱したのが、〝がんを持ったまま天寿を迎える〟という発想だ。若い患者は延命しても天寿まで持っていきにくいが、七十九歳なら可能性はある。

「古い薬で達成するより、新しい薬のほうが、将来性もあるでしょう」

そして、とどめに小早川のこだわりを刺激する。

「二次治療でザライムを使用していただくと、明らかに生存期間が延長されます。先生の論文にもきっとお役に立つデータになると思います」

「うーん。じゃあ、ザライムにしてみますか」

よし、と池野はふたたび胸の内でガッツポーズを決める。

小早川は医療に熱心だが、それは自分の論文のためで、決して患者のためではない。結局、患者ファーストの医者などいないのだ。


首尾よく予定の面会を終えて医局の廊下に出ると、ふいに当直室の扉が開いた。

「あ、東原《ひがしはら》先生。ご無沙汰しております」

腫瘍内科の副部長、東原は池野の苦手な相手だった。何しろMRの戦略にまったく乗ってこないのだ。

「君はたしか、天保薬品のMRさん」

寝ぼけまなこをこする。午後四時すぎに昼寝かよと、池野は密かにあきれる。

東原は常ににこやかで、四十五歳で副部長だから、優秀なのはまちがいないが、ストレスの多い腫瘍内科であのにこやかさは仮面にちがいないと、池野はにらんでいる。

「先生、昨夜は当直だったのですか。お忙しかったんでしょうね」

「当直じゃないよ。忙しいのは忙しかったけどね」

どういうことかと首を傾げると、東原が説明した。

「私が診ていた肺がんの患者さんが、今朝方、亡くなってね。昨日は九州の学会に行っていて、飛行機が取れなくて、最終の新幹線で帰ってきたんだよ。寝ようかと思ってるところに電話がかかってきたから、看取《みと》りをしにきたわけ。亡くなったのは午前四時すぎだったから、患者さんの家族も全員が集まれてよかったんだけどね」

「先生が看取ったんですか。ふつうは当直の先生に任すんじゃないですか」

「最近のドクターにはそういう人も多いみたいだけど、私は自分の患者は最後まで診ようと思ってるんだ。特に、今朝方の患者さんは呼吸困難が強くて、私も苦労したからね。最後だけ人任せってわけにはいかない」

東原は今日の午前中、通常の業務をこなしたはずだ。それで午後の遅くになって、ようやく仮眠の時間を取ったのか。

「でも、そんなふうにしていたら、しょっちゅう呼ばれるんじゃないですか。患者さんは一回しか亡くなりませんが、先生はたくさんの患者さんを診てるんだから」

「それが仕事だよ」

嘘だ、と池野は思った。何か裏があるにちがいない。もしかして、臨終に立ち会うと、遺族から特別な謝礼でもあるのか。いや、グラーベン総合病院は正面玄関にも外来や病棟にも、『患者さまからの謝礼等は、いっさいお断りしております』と、大書してある。内密にもらったりすれば、看護師の内部告発が恐ろしい。

「こんなことをうかがって恐縮ですが、患者さんの臨終に立ち会うのは、何か理由があるのでしょうか。たとえばデータを取るとか」

「そんなものはないよ」

「じゃあ、先生の医師としてのプライドとかですか」

「何を大層なことを言ってるの。患者さんが亡くなるときには、それまで診ていた医者が看取るのは当然でしょう」

「それはたいへんご立派だと思いますが、でも、どうしてそこまでおできになるんですか」

「君は私に何を言わせたいの。医師たる者、使命感を持って最善を尽くすべきとか？　そんな時代錯誤みたいなことは言わないよ」

じゃあ、なぜという言葉を池野は飲み込んだ。数秒後、東原が付け足した。

「強いて言えば、私は子どものころ小児喘息の発作で、何度も夜中に病院に運び込まれて、毎回、医者や看護師さんに親切にしてもらったからね。その影響が残ってるのかもな。それにこちらが一生懸命やれば、患者さんも感謝してくれる。やり甲斐はあるんだよ」

「でも、ベストを尽くしたのに文句を言うとか、身勝手な患者や家族もいるでしょう」

「いるね。でも、それは仕方がない」

どうしたらそこまで患者に歩み寄れるのか。もしかして自分の善意に酔っているのか。池野は罠を仕掛けるようなつもりで、上目遣いに聞いた。

「ひどい患者がいてもやり甲斐を感じられるのは、先生が常に患者ファーストだからですか」

「何、それ。そんなこと、考えたこともないな」

即答だった。池野は次の言葉が見つからず、そのまま東原の前を辞した。

帰りの車の中で、池野は混乱した。東原は患者ファーストなど考えたこともないと言った。それこそほんとうの患者ファーストなのかもしれない。しかし、エリートの東原が、どうして自尊心に振りまわされることもなく、善意の医師であり続けられるのか。

またぎりぎりで赤信号に引っかかり、池野は舌打ちをした。その音ではっと気づいた。

東原はほんとうのエリートだから、自尊心に振りまわされないのだ。

そう感じて、池野はMRとしての自分を今一度、見つめ直してみようと思った。

10　偽りの副作用

「こちら、康済会病院、薬剤部の青柳《あおやぎ》と申します」

「はいはい」

野々村光一はいつもの調子で軽く電話を受けたが、内容を聞いて顔色を変えた。

「御社の《レジータ》を処方している患者さまが、本日、腎機能障害で緊急入院されました」

青柳は康済会病院の薬剤部長で、彼女からの連絡は、有害事象の報告ということになる。

「主治医はどなたです」

「内科の津田《つだ》先生です」

「わかりました。すぐにうかがいます」

薬で有害事象が出た場合、その軽重にかかわらず、厚労省に報告しなければならない。報告は病院側と製薬会社双方から行われるので、会社からの報告が遅れると、厚労省に叱責を受ける。叱責くらいならまだしも、添付文書の改訂や、最悪、薬の認可の取り消しになる可能性もある。

「康済会病院でレジータに有害事象が出たようです」

野々村が報告すると、チーフの池野も顔色を変えた。

「おまえ、レジータは公知《こうち》申請《しんせい》の薬じゃないか」

公知申請とは、海外で広く認められているとか、国内で科学的根拠が示されているなどの場合、新たな臨床試験をせずに、保険適用になる制度である。レジータは急性心不全の治療薬だが、公知申請により、慢性心不全でも医療保険の対象となり、飛躍的に売り上げを伸ばしていた。

「レジータの添付文書に腎障害の副作用は記載されているのか」

「いいえ。相互作用にも記載されていません」

「だったら、因果関係なしじゃないのか」

池野が楽観的な見通しをつけたくなるのも当然だ。因果関係がなければ、たまたまの事象として報告するのみで業務は終わる。

「とにかくすぐに病院に行こう」

池野はやりかけの仕事も放り出して、野々村といっしょに営業所を飛び出した。

「患者はどんな状況だ」

「七十二歳の女性で、慢性心不全で二週間ごとに外来通院していたそうです。前回の診察でレジータを処方してもらい、今日、血液検査をしたところ、腎機能障害がわかったそうです」

車の中で説明しながら、野々村は主治医の津田の顔を思い浮かべて憂鬱になった。

津田は四十歳の内科医で、小太り、薄毛、多弁で、性格は陰湿だった。困るのは他人の不幸を露骨に喜ぶことで、医局内でも同僚の車の事故や、不妊治療の失敗などを、さも面白そうに野々村にしゃべりかけてくる。イヤな顔もできず、かといってほかの医師の手前、同調することもできず、対応に苦慮するのだった。

ハンドルを握る野々村の横で、池野がつぶやく。

「レジータを開始したのが二週間前で、今回、腎機能障害がわかったというのか。タイミング的にはヤバイ感じだな」

徐々に悲観的な見通しに傾いているようだ。今さら遅いが、こんなことなら津田にレジータの処方など頼まなければよかったと、野々村は臍《ほぞ》を嚙む思いだった。

病院の駐車場に車を入れると、野々村は鞄から灰色のネクタイを取り出して、明るい色のネクタイと取り替えた。それを見て、池野が思い出したように言った。

「前に院長にネクタイが派手だと難癖をつけられたのはこの病院か。てことは、村上がニヤニヤするなと怒鳴られて、やめる原因になったのもここだな」

「そうですよ。立岩っていう無茶な院長がいるんです。今日は出くわしたくないな」

祈るような気持で正面玄関を通り、津田のいる医局に向かった。大部屋に入ると、津田は自分の席でワイヤレスイヤホンをはめ、顎《あご》でリズムを取っていた。

「津田先生。野々村でございます。今日はチーフの池野とうかがいました」

野々村が大きめの声で言うと、津田はゆっくりと顔を上げ、イヤホンをはずした。

「天保薬品か。君に頼まれてレジータを処方したけど、困ったことになってねぇ。患者が尿量が減ったと言うもんで、念のために血液検査をしたら腎機能障害。ボクもいい勘してるなって自分でも感心したよ。今日、気づかなかったら、また二週間レジータをのみ続けるところだったからね。このまま腎機能が低下したら、命にも関わりかねないところだ」

嫌みと自慢をないまぜにしながら、椅子にふんぞり返る。

「腎機能障害はどの程度なんでしょうか」

「大したことはないけどね。君らのためにプリントアウトしておいたよ」

A4のコピー用紙を差し出した。腎機能を表すBUN（血中尿素窒素）が、基準値8～20のところが32、同じくクレアチニンが、0・50～1・20のところが1・82。さほどの異常ではない。それで緊急入院が必要なのだろうか。池野も同じ印象らしく、野々村と顔を見合わせる。

津田が横目でにらみ上げるようにして言った。

「何だよ。この程度で入院させて、大袈裟だとか思ってんじゃないだろうな。患者は高齢なんだよ。それで尿量が減ったと言ってるんだ。これは問題でしょう。急性尿細管壊死《きゅうせいにょうさいかんえし》（腎臓の尿細管の細胞が、さまざまな原因で損傷を受け、機能を失うこと）の危険もあるんだからね」

「もちろん、入院がよろしいかと」

池野が言うと、津田は陰険な喜びを顔に浮かべて問い返した。

「まあ、製薬会社さんにすれば、少々厄介なことになるかもしれんね。何しろ副作用で入院となれば、厚労省だって重大視するだろうからな」

嫌みな言い方にムカつくが、顔には出せない。池野が畏まったようすで訊ねた。

「念のためにうかがうのでございますが、レジータ以外で腎機能障害の起こる可能性はないのでしょうか」

「もちろん検討したよ。既往歴、併用薬、塩分の取り過ぎや脱水まで、あらゆる要素をチェックしたけど、残念ながら疑わしいものはなかったんだよね」

こちらが窮地に追い込まれるのを愉《たの》しむような言い方だ。

「恐れ入りますが、患者さまにお目にかからせていただくことは可能でしょうか。場合によっては補償の問題も発生しますので、できるだけ早くご挨拶させていただければ」

「ああ、いいよ」

意外にも気さくに請け合って、津田は野々村たちを病棟に連れていった。

患者は五階の循環器内科の病棟に入っていた。半白髪の上品そうな女性で、見たところさほど消耗はしていないようだ。

「製薬会社の人が挨拶したいって言うので、連れてきたよ」

津田の言葉に、患者は戸惑いを浮かべながら半身を起こした。

「天保薬品の池野と申します。この度は急なご入院で、さぞかし驚かれたことでしょう。腎臓の働きが弱っているとうかがいましたが、その原因について、私《わたくし》どもでもできるだけ速やかに調査し、結果をご報告させていただきたいと思います」

ていねいな口調ながら、巧妙に謝罪も責任を認める発言も口にしない。当然だろう。まだレジータの副作用と決まったわけではないのだから。

病室を出たところで津田が言った。

「それじゃ、報告書は営業所に送るから、天保薬品さんのほうもよろしくお願いしますよ」

難題を押しつける口調だ。津田はそのままナースステーションに残った。

エレベーターホールから階段に向かおうとしたとき、扉が開いて、恰幅のいい初老の医師が出てきた。野々村たちに鋭い目を向ける。野々村が慌てて一礼し、池野も素早く頭を下げる。階段口に入ってから野々村が言った。

「今のが立岩院長ですよ」

「なるほど。短気な傲慢医者って感じだな」

池野は一瞬で本性を見抜いたようだった。


営業所にもどると、野々村はその足で紀尾中に報告に行った。

「腎機能障害と言ったって、BUNが30そこそこですよ。入院の必要があるんですかね」

不満そうな野々村に続き、池野が畏まって頭を下げる。

「病院からの報告書次第ですが、うちから有害事象を出してしまって申し訳ありません」

有害事象は所長のキャリアに影響する。不運と言えばそれまでだが、競争社会ではなかったことにはしてもらえない。

「君たちが謝ることではないよ。適切に処理すればいい。仮に不利な事実が判明しても、包み隠さず報告するように」

紀尾中らしい指示だ。レジータに腎機能障害の副作用があるなら、公表することが患者の利益につながると考えているのだろう。


二日後、津田から届いた報告書を見て、野々村は絶句した。

『診断名：急性尿細管壊死・腎不全』、評価は『重度』より重い『中止に至ったＡＥ（有害事象）』、因果関係は『あり』にチェックが入っている。

ある程度は厳しい内容を覚悟していたが、ここまでひどいとは思わなかった。

「こんなメチャクチャな評価ってあるか」

池野も思わず吐き捨てた。所長室に行って報告書を見せると、さすがに紀尾中も深刻な表情になった。

池野が不満を堪えきれない口調で言う。

「ＧＦＲ（糸球体濾過量《ろか》）もクレアチニンクリアランスも、明らかに軽度でしょう。それを腎不全だなんて、過剰診断もいいところですよ。因果関係だって、まだレジータが原因と証明されていないのだから、『否定できない』にすべきでしょう。こんな悪意に満ちた報告書、とても受け入れられません」

「しかし、主治医の報告書には不服は申し立てにくい。ただでさえ、製薬会社は副作用を過小評価すると思われているからな」

「だけど、診断名に『腎不全』と書かれると、厚労省は重大な副作用と見なしますよ。せっかくのレジータの売り上げが台無しです。なんとか取り下げてもらわないと」

「野々村君。この津田という主治医を説得できそうか」

「昨日も面会したんですが、津田先生は予防線を張るみたいに、『腎不全は明確な診断基準がないから、正常でなければ「不全」と見なすこともできるよな』と言ってました」

「なんてヤツだ。いったい診断を何だと考えてるんだ」

義憤に駆られている池野を、紀尾中がなだめた。

「ここで怒っても仕方がない。あれから医薬研究部に問い合わせたんだが、代謝経路からしても、レジータに腎毒性は考えにくいという返事だった。もしかしたら、主治医が何か見落としているんじゃないか。あるいは何かを隠しているか」

「あの陰湿野郎なら、大いにあり得ます」

池野は意気込んで答えたが、どうやって尻尾《しっぽ》をつかむのか。病院側の報告書が出ている今、時間的な余裕は長く見積もっても数日だ。その間に津田の口を割らせられるか。

「もう一度、津田先生のところに行って、レジータに腎毒性がないことを伝えてくれ」

「わかりました」と答えたが、野々村の気持は重かった。

「報告書、ありがとうございました」

野々村が医局で頭を下げると、津田は機嫌のいい顔で、「どうだった」と訊ねた。さすがに愛想笑いのひとつも出るわけがないと心得ているのか、そのまま続けた。

「天保薬品には少々厳しい内容だっただろうが、危機管理的には最悪の事態に備えるというのが、我々医療者の常識だからね。患者のことを考えれば当然だろう」

「もちろんでございます」

答えながら、何が患者のことを考えればだと、胸中で悪態をつく。

「津田先生。誠に申し上げにくいことですが、弊社の医薬研究部に問い合わせましたところ、レジータは肝臓で代謝されますので、腎毒性は考えにくいとのことでした。患者さまの既往歴や併用薬に腎機能障害を引き起こすものはないとのことでしたが、それ以外の要因で何か思い当たるものはございませんでしょうか」

「腎毒性は考えにくいだって。どういう意味だよ」

津田の目に怒りの炎がチラつく。これだからいやなんだと思うが、引き下がるわけにはいかない。

「弊社といたしましても、合理的な説明がつかないまま、有害事象との因果関係を認定することに戸惑いを覚える次第でして」

「じゃあ、何が原因だと言うんだ。この患者はな、これまで腎機能の低下はいっさい認められていない。それが二週間前にレジータを処方して、検査をしたら腎機能が低下した。因果関係は明らかじゃないか」

「もしかして、どこかで造影剤を使用したX線検査とか受けていないでしょうか」

「うちの病院以外にはかかってないよ」

「腎毒性のあるアミノグリコシド系の抗菌剤や、非ステロイド系の抗炎症剤、あるいは一部の抗がん剤なども、急性尿細管壊死を併発するようですが」

「だから、うち以外の医療機関にはかかっていないと言ってるだろ」

ほかに原因として可能性があるのは、大出血、大きな手術、広範囲の火傷《やけど》などだが、いずれも聞くだけ無駄だろう。やはりレジータしか原因は考えられないのか。

「往生際の悪い男だな。そっちの報告書はどうなってるんだ」

「鋭意作成中でして、一両日中にはできあがる見込みです」

「こっちの報告書はできあがってるんだから、先に厚労省に提出するぞ」

「それだけは今しばらくお待ちください。せめてあと二日、ご猶予をお願いします」

懇願しながら、野々村は自分が当てもなく返済期日を引き延ばす街金の負債者になったような気がした。

「しゃあねぇな。じゃあ、明後日だぞ。一日や二日待っても同じと思うがな」

「ありがとうございます」

野々村は深い泥沼を歩くような気分で医局をあとにした。

翌日は午前中、論文の検索サイトで急性尿細管壊死に関する文献を片っ端から読み漁《あさ》った。目の奥が痛くなるほど細かな字を追い続けたが、これといった収穫はなかった。

午後は阪都大の泌尿器科の教授にアポを取り、話を聞きに行ったが、やはり有用なアドバイスは得られなかった。

夕方、野々村はふたたび康済会病院を訪ね、ダメ元で今一度、津田に話を聞こうと思った。しかし、津田は午後から有休を取ったらしく不在だった。

——こっちは必死に答えを求めてあがいているというのに。

怒りと疲労でめまいがしそうになりながら医局を出た。そのまま帰ろうかとも思ったが、無駄足になるのも癪《しゃく》なので、患者に話を聞いてみることにした。

五階の病室に行くと、患者の夫が見舞いに来ていた。

「天保薬品の野々村と申します」

夫に名刺を差し出し、患者に訊ねた。

「現在、当社のレジータについていろいろ調査をしているところですが、入院後の体調はいかがですか」

「そうですね。お薬をやめたせいか、また動悸《どうき》がするんですけど」

「前回の診察でレジータが出たあとは、動悸は収まっていたんでしょうか」

「ええ。息切れも軽くなってたんですよ。でも、そのあと調子が悪くなっちゃって」

「それはおまえ、心臓とは関係ないだろ」

横から夫が補足した。野々村が目顔で問うとこう説明した。

「家内は虫歯があって、それが痛みだしたんですよ。食欲はなくなるし、水分もほとんど摂らなくなって」

意外な事実に、野々村はかっと全身が熱くなった。

「歯医者さんには行かれたんですか」

「いいえ。前にもらっていた薬が残っていたので、三日ほどのむとようやく収まりました。そのあとお小水が出にくくなって」

「薬の名前、わかりますか」

「《ジクロン》だったと思いますけど」

非ステロイド系の抗炎症剤だ。それなら腎毒性がある。

「それを三日のんだんですね。一日に何回ですか」

「二回の日もあったと思いますが、だいたいは三回」

まちがいない。歯痛による食欲不振と水分摂取不足。そこにジクロンが負担をかけて、腎機能が低下したのだ。

「ありがとうございます。これで謎が解けました」

何のことかと顔を見合わす夫婦を残して、野々村は大急ぎで営業所にもどった。

「所長。原因がわかりました」

事情を説明すると、紀尾中も表情を明るくした。

「よくわかったな。お手柄だ。津田先生には知らせたのか」

「まだです。池野さんが早まるなと言って」

いっしょに所長室に来ていた池野が説明した。

「あの津田って野郎は簡単に納得しそうにないので、文献的に証拠固めをしてから説得したほうがいいと思いまして」

「で、文献は見つかりそうか」

「今朝調べた文献に、似たような症例がありました」

論文の検索サイトでさがすと、ジクロンによる急性尿細管壊死の症例報告が見つかった。

「これで完璧ですね」

野々村は逸《はや》る気持を抑えてそのページをプリントアウトした。

ところが、翌日、池野とともに康済会病院からもどってきた野々村は、悔しさを露わにして、紀尾中に報告した。

「津田先生が報告書の訂正に応じないんです」

午前中にアポを取って、患者が非ステロイド系の抗炎症剤を服用していたと告げても、津田はそれが今回の腎機能障害につながる確証はないと言い張ったのだ。

「あれはもう意地になってるとしか思えませんね。レジータの公知申請が取り消されたら、慢性心不全の患者さんに使えなくなる、それでもいいんですかと言ったら、製薬会社はおまえのとこだけじゃねえと怒鳴って、まるで聞き分けのないガキでしたよ」

池野もお手上げだというように首を振った。

想定外の展開に、紀尾中も腕組みをして考え込む。

「こうなったら、我々は独自の報告書を出しますか。因果関係はなしという判定で」

「それだと病院側の報告書と食いちがうことになるな。厚労省に問題視されたら、また製薬会社が有害事象を過小評価したと取られかねない」

紀尾中の目に苦渋が浮かぶ。

「じゃあ津田の報告書に合わせるんですか。明らかにまちがっているのに」

池野の悔しそうな声に、野々村も奥歯を嚙みしめた。

「ちょっと考えさせてくれ」

紀尾中が言い、いったん協議は終了となった。


翌日、津田が厚労省に提出した報告書のコピーがバイク便で届いた。

開封するのも腹立たしかったが、確認しないわけにはいかない。どうせ前回と同じだろうと思って見ると、野々村は前に見たときとは逆の意味で絶句した。

診断名は『急性尿細管壊死』のみ。評価は『軽度』、因果関係は『なし』にチェックが入っている。まさか別人の報告書と入れ替わったんじゃないだろうな。

野々村は信じられない思いで、池野とともに所長室に行った。

「いったいこれはどういうことでしょう」

コピーを見た紀尾中が、ニヤリと口元を緩めた。

「一発逆転だな。やっぱり医学的な根拠のないいやがらせだったか」

顔を見合わす二人に、紀尾中が説明した。

「院長の立岩さんに話を通したんだよ。こういう事象が発生していて、主治医と我々の見解にかなり齟齬《そご》がありますとね。そしたらすぐ調べると言ってくれた。津田という主治医はとっちめられただろうな。それがこの報告書になったというわけだ」

野々村が未だに信じられない気持で訊ねた。

「でも、よくあの立岩院長がこちらの言い分を聞いてくれましたね」

「たしかに短気だが、立岩さんはそんなに悪い人じゃない。私も前に説明会で怒鳴られたけれど、そのあと逆に親しみを込めて接していたら、気さくに話しかけてくれるようになったんだ。それで別のセミナーで会ったとき、声をかけてきて、君のところのレジータはよく効くね、おかげでずいぶん楽になったと言ったんだ」

「立岩院長はレジータをのんでるんですか」

「自分で処方しているらしい」

野々村と池野がまた顔を見合わせる。

「野々村君から聞いたデータを告げると、立岩院長は、そんな値で腎不全なんてとんでもない、主治医は何を考えてるんだと怒ってた」

晴れ晴れとした気分で所長室を出たあと、野々村が池野に言った。

「さすがは所長ですね。立岩院長に怒鳴られても、避けずに逆に親しみを込めるというんだから。池野さんがいつも言ってる〝損して得取れ〟って、こういうことですよね」

「いやあ、俺なんか所長に比べたらまだまだだよ」

池野が珍しく神妙に言う。

「報告書を書き直させられた津田は、恨みがましく思ってるでしょうから、顔を合わすのがいやだと思ってたけど、逆に笑顔で近づいてやりますよ。今回の完勝を思い出せば、陰湿な嫌みを言われても平気ですからね」

野々村はむしろ津田の顔を見るのが楽しみというような調子で笑った。

11　在宅の光

月曜日の朝。

ミーティングエリアにはいつも通り、窓から太陽の光がいっぱいに差し込んでいた。

山田麻弥が手持ちぶさたにしている肥後に聞いた。

「うちの会社って、ワクチンは作らないんですか」

「作っとらんな。何でや」

「定期接種になったら自動的に売れるじゃないですか。こんな楽なことはないでしょう」

「簡単には定期接種にならんやろ」

「なってるじゃないですか、子宮頸がんの〈ＨＰＶワクチン〉」

「ああ、ヒト・パピローマ・ウイルスですね」

略語を知っているとばかりに市橋が口をはさんだ。それを無視して、山田麻弥は肥後に言う。

「あのワクチンが定期接種になった経緯には、かなりの疑惑があるみたいですよ。厚労省の報告書に引用されている論文に、販売元の社員が筆者として紛れ込んでいたとか、審議委員会の委員に、関連企業から多額の金銭が渡っていたとかです。これって明らかに利益相反でしょう」

利益相反とは、立場等を利用して、不正に利益を誘導する行為や状況を指す。

「それで異例の早さで定期接種に格上げされたっちゅうわけか」

「ワクチンの推奨年齢が、小学六年生から高校一年生相当というのもおかしいでしょう。ウイルスの感染経路は、セックス以外考えられないのに、セックスをしない女子にまで受けさせるのは、販売元を儲けさせるための過剰予防ですよ」

「副反応もいろいろ出てるみたいだしな」

となりの池野が、山田麻弥に加勢した。

「だから、定期接種に決まってからたった二カ月で、厚労省は積極的勧奨の中止を発表したんです。これって十分な検討なしに定期接種化された証拠じゃないですか」

子宮頸がんワクチンを受けた女子に、筋力低下や不随意運動などの副反応が出たことは、一時、マスコミでも騒がれた。

山田麻弥が熱く続ける。

「にもかかわらず、産婦人科学会は、厚労省に積極的勧奨の早期再開を求めてるんです。主な感染経路がセックスであることは言わずにですよ。これってズルくないですか」

「そやからウチもワクチンを作って、専門家や委員に賄賂をばらまいて、定期接種にして儲けようと言うんか」

「ちがいますよ」

山田麻弥がテーブルに拳を打ち付けて肥後をにらんだ。

「わたしが言いたいのは、肝心なことが世間に伝わってないってことです。世間の人は健康情報に関心が高いのに、こういう少し考えればわかることを理解していないでしょう」

池野が揶揄する調子で言った。

「しかし、あんまり理解するのも問題だぞ。わからなくていいことまでわかるからな」

「何のことです」

「夫としかセックスをしていない女性が、子宮頸がんになったらどう判断するんだ。夫がどこかからウイルスを持ってきたってことになるだろ」

バツイチで気楽な独身貴族の野々村が、悲鳴に近い声をあげる。

「そんなんで浮気がバレたら最悪だな。不倫を責められるだけでなく、がんになったことでも恨まれるんだからな」

生まじめな牧も、深刻な調子で言った。

「逆の場合も問題ですよ。不倫に縁のない男の妻が、子宮頸がんになったら、そのウイルスはだれにもらったんだということになりますからね」

「ウハハハ。これは大問題やな。子宮頸がんはHPVだけが原因やないというところに、すがる以外にない」

将来の結婚を考えて、不安になったらしい市橋が肥後に聞く。

「ウイルス以外でがんになるのは、何パーセントくらいなんですか」

「それは知らぬが仏や」

あとから出勤してきたMRたちも口々に言う。

「男の側は、HPVに感染してもがんになりにくいのは不思議だな」

「オーラルセックスで感染すると、口腔がんや咽頭がんになる危険性はあるみたいですよ」

「朝から何の話や」

肥後がまぜ返すと、良識家の牧が話をもどすように言った。

「山田さんの言いたいこともわかりますが、ワクチンを売ってる会社も、子宮頸がんを予防しているという自負があるでしょう。我々だって、患者さんのためになると思うから、いろんな薬を売ってるんですから」

「でも、ＨＰＶワクチンは、売り方がズルいから……」

堂々巡りになりかけたとき、所長室から紀尾中が出てきた。

「朝から侃々諤々《かんかんがくがく》の議論みたいだな。けっこう、けっこう」

そう言いながら、奥の定位置に座り、全体ミーティングをはじめた。

＊

「それじゃ、行ってきます」

チームの打ち合わせを終えた市橋が、車のキーを持って営業所を出た。今日の訪問は堺市の東区と、その東側の大阪狭山《さやま》市・富田林《とんだばやし》市方面である。

午前中の訪問先をまわったあと、ファミレスで昼食をすませ、午後はまず高級住宅地の大《おお》美野《みの》の高見《たかみ》クリニックに行った。去年、開業したばかりで、四十代前半の高見院長は気さくなので話がしやすい。

「先生、最近はいかがですか。このあたりは大きな家が多いから、患者さんも上品でしょうね」

「大きい家が多い分、人口密度が低いから患者が集まらなくて困るよ。在宅訪問診療をやってなかったら、つぶれていたかも」

「またまた、ご冗談を」

たしかに高見クリニックは午後いちばんに来ても、午前の診察が延びていることはほとんどない。それで週に三回、午後に在宅訪問診療で患者宅をまわっているのだ。

「市橋君は薬剤師の村上さんを知ってるだろ。この前聞いたんだけど、彼は少し前まで天保薬品の堺営業所でMRをやってたそうだね」

名前だけではわからなかったが、元MRと聞いて思い出した。康済会病院の立岩に「ニヤニヤするな」と怒鳴られて、会社をやめた村上理だ。

「彼、今はどこにいるんですか」

「マーブル薬局の富田林店で、在宅訪問の薬剤師をやっているよ。僕もずいぶんお世話になってる」

マーブル薬局は、村上の実家が経営している薬局のチェーン店だ。と言っても、府下に五店舗ほどで規模はさほど大きくない。村上は富田林市の出身だから、おそらく実家の店で働いているのだろう。

「村上さんは私の二年先輩なんです。急にやめちゃったんで心配してたんですが」

「彼は頼りになる訪問薬剤師だよ。仕事熱心で、患者さんの症状や処方について、いろんなアドバイスをくれる。さすがは元MRという感じだね」

「ベタぼめじゃないですか」

「当然だよ。訪問薬剤師の中には、休日や深夜の処方をいやがる人もいるけど、村上さんはまったくそういうことはないからね」

「元気にやっているのならよかったです。また連絡してみます」

市橋は村上の神経質そうな顔を思い出しながら、開業医がよく使う薬をPRして、次のクリニックへと向かった。


数日後、市橋は堺東《さかいひがし》の居酒屋で村上と会った。

高見に村上のことを聞いてから、スマートフォンに残していたアドレスにメールを送ると、村上からもぜひ会おうという返信が来た。場所を営業所から離れたところにしたのは、みんなに合わせる顔がないという村上の希望だった。

先に店に行って待っていると、時間通りに村上が入ってきた。

「待たせたみたいやね。悪い」

「僕も今来たところです」

村上は営業所にいたころより少し太って、顔の線も柔らかくなっていた。言葉が関西弁なのは、患者と話す仕事に変わったからだろう。

ビールで乾杯してから、それぞれに好きな料理を注文した。

「お元気そうで何よりです。メールにも書きましたが、大美野の高見先生が村上さんのことを絶賛していましたよ」

「いやいや、高見先生のほうこそいつも患者さんのために一生懸命で頭が下がるよ。在宅医療は二十四時間、三百六十五日対応やからね」

謙遜しつつも、高見にほめられたのを喜んでいるのがわかった。以前よりどことなく落ち着いた感じだ。

「メールをもらったときは嬉しかった。あんなやめ方をしたから、営業所のみんなに申し訳なくて」

「大丈夫ですよ。康済会病院の院長はひどいらしいですね。野々村さんはネクタイを引っ張られたと言ってました」

「けど、怒鳴られたくらいでやめたのは僕ぐらいのもんやろ。自分でも情けないと思うよ」

「もういいじゃないですか。今は訪問薬剤師として活躍されてるんですから」

「そうやな」

互いにビールを飲みつつ、並んだ料理に手をつける。

「会社をやめてから、すぐご実家の薬局に勤めはじめたんですか」

「いや、しばらく家に引きこもってた。なんで僕がこんな目に遭わなあかんねんとか、もうちょっと頑張ったほうがよかったんかなとか、鬱々としてたら、紀尾中所長が電話をくれたんや」

「所長が？」

「急にやめたことを謝ったら、気にせんでええと言うてくれて、僕のええとこが発揮できる場所があるはずやから、そこで頑張れと応援してくれはった。嬉しかったよ。それで元気が出て、親父の店で働かせてもらうことにしたんや」

「訪問薬剤師の仕事は、自分からはじめたんですか」

「それも紀尾中さんのアドバイスや。君はドクターの相手をするより、患者を相手にするほうが向いてるやろと言うてくれてな。あの人、ほんまによう見てるわ。うちの店では女性の薬剤師が在宅をやってたんやけど、夜とかは危ないから親父が行ってたんや。それを僕が引き受けて、昼間の配達も僕が行くようにした。そしたらこれが面白うてな」

　村上は訪問薬剤師の仕事を簡単に説明した。医者が処方箋をファックスで送ってくると、調剤して患者宅に届けるのがメインだが、ほかにも服薬指導や残薬の管理、訪問看護師やケアマネージャーとの連携などもするという。

「今の介護はチームプレーやからな。メンバーの一員として、利用者と家族に喜んでもらえるのが、やり甲斐につながってる。薬以外にもいろんなものを届けるんやで」

「たとえば？」

「おしめとか尿取りパッドなんかの介護用品、爪切りとか耳かきなんかの日用品、サプリメントとか栄養補助食品なんかも持っていく。口腔ケア用の歯ブラシとか、頼まれたら腰痛ベルトや膝のサポーターなんかも揃える。介護用の移動コンビニみたいなもんや」

そう言って、ジョッキのビールを飲み干し、大きな声でお代わりを注文した。

「村上さん、なんか活き活きしてますね。でも、患者さんや家族が相手だと、ドクターのときとはちがう苦労もあるんじゃないですか」

「そらあるよ。なんぼ説明しても、薬をのみ忘れるお爺ちゃんとか、逆にのんだかどうかわからんようになって、のみすぎるお婆ちゃんとかな。そういう人には、〝お薬カレンダー〟を持っていって、薬を一日分ずつ小分けしてカレンダーのポケットに入れとくんや。そうするときっちりのんでくれる」

患者の相手はやはり面倒くさそうだなと思うが、村上は市橋の反応に頓着せずに続けた。

「在宅で患者さんと家族を見てたら、いろいろなことを感じるんや。重症のアルツハイマー病の患者さんで、完全に無言無動なんやけど、ご主人が熱心に介護をしてて、褥瘡《じょくそう》予防のために、夜中でも二時間おきに体位変換をしてる。退院前のCTスキャンを見たら、脳実質が萎縮してペラペラになってた。目は開いてるけど表情はまったくない。そやのに、ご主人がこう言うんや。『朝、温《ぬく》いタオルで顔を拭いてやったら、やっぱり気持がええのか、嬉しそうな顔をしよりますねん』と。ご主人にはそう見えるんやろうな」

「脳実質が萎縮してるなら、反応はないんじゃないですか」

「僕もそう思うよ。けど、ご主人にあり得ませんとか、言う必要ないやろ」

たしかにそれは余計なことだ。患者や家族には、医学的に正しいことより、心が安らぐことのほうが重要だろう。

「訪問診療のドクターにもいろんな先生がいるんじゃないですか。処方のまちがいとか、薬の出し忘れとかありませんか」

「あるよ」

「そういうときはどうするんです。まちがいを指摘したら、怒るドクターもいるでしょう」

「おるけど、相手によって対応を変えるノウハウをMRの経験で学んだからな。ほんとうにヤバイときは、相手を怒らせてでも、粘り強く説明する。不愉快なこともあるけど、患者さんのためやからね」

「村上さん、強くなりましたね。高見先生が、村上さんは夜中や休みの日に処方を出しても、嫌がらずに届けてくれるってほめていました」

「いつでも届けるのは当然のことや」

「でも、夜中にいつ起こされるかわからないと、ゆっくり眠れないじゃないですか。休みの日も予定が立てにくいし、つらいと思うことはありませんか」

「それはない。患者さんは薬を待ってるんやから」

「どうしてそこまでやれるんです」

村上は箸を置いて、ビールで赤くなった顔をさらに赤らめて言った。

「市橋君には悪いけど、MRのときには患者さんのためになってるという実感がなかった。どうしても会社の利益のために働いてるという気持があるやろ。けど、訪問薬剤師は、直接、患者さんの役に立ってるんや」

村上は酔ったのか、呂律《ろれつ》の怪しくなりかけた口調で続けた。

「医者は診察はするけど、薬は持ってない。患者はいくら診察してもらっても、薬がないことには症状は治らへん。そやから僕が届けるんや。深夜に車を走らせると、住宅街はわずかな門灯があるくらいで、どの家の窓も真っ暗や。その中に一軒だけ、窓に明かりのついてる家がある。それが薬を待ってる家なんや。インターフォンを押すと、患者や家族が待ち焦がれた顔で出てくる。薬を渡すと、相手は拝まんばかりに喜んで受け取ってくれる。そしたらこっちもええ気持になるの、わかるやろ。ああ、ええことをした。そんな気持で帰るときは、夜中であれ、休みの日であれ、少しもつらいとは思わんよ」

「なるほど……。村上さん、今の仕事に変わってよかったですね」

「そう思うか。ありがとう」

村上はジョッキを持ったまま頭を下げた。

その姿を見て、市橋は逆に複雑な気持になった。自分と今の村上とでは、立場がぜんぜんちがう。在宅訪問の薬剤師は、どの会社の薬でも、患者がよくなりさえすればいい。だが、MRは他社の薬で患者がよくなっても、心からは喜べない。自分たちMRは、所詮、会社の利益と自分の成績のために働いているのだ。社長の万代や所長の紀尾中は、患者ファーストを忘れるなと言うけれど、実際には会社ファースト、自分ファーストにならざるを得ない。少なくともチーフの池野や山田麻弥なら、それを堂々と認めるだろう。市橋はそれに抵抗したい気分だった。

顔を上げた村上が、市橋のようすに気づいて訊ねた。

「市橋君は、何か悩みごとがあるのか」

「いえ。悩みというほどではないんですが。村上さんが羨ましいなと思って」

「MRかて、直接患者さんに接しなくても、十分、医療に役立ってるやろ。患者さんのことを第一に考えて、仮に他社の薬を薦めることになっても、それは医師の信頼という形で返ってくる。そうやって人間関係を作っていくことが売り上げにもつながるし、ひいては患者さんのためにもなるやろう」

「そうですね」

会社をやめた村上に励まされる形になって、市橋は己の不甲斐なさを密かに嗤った。村上が新しい仕事に意義を見つけたように、自分も納得できるものをさがせばいいのだ。

「今日は会えてよかったですよ。村上さんが頑張っていること、紀尾中所長にも伝えておきます」

「ああ、よろしく頼む」

あとは軽い話題で気楽に盛り上がり、楽しい夜を過ごすことができた。

12　発達障害MR

大阪・日本橋《にっぽんばし》にある国立文楽劇場の小ホールで、チケットといっしょに渡された名刺を取り出し、山田麻弥があきれたように言った。

「この肩書き、『琵琶法師《びわほうし》』って怪しすぎでしょ。でも、裏に連絡先が書いてあるから、マジで配ってるんだわ」

となりの座席にいる市橋が、微妙なため息を洩らす。

「殿村さんはこの流派の中では、けっこうえらいみたいですよ。奥伝とかいう免許をもらってるって言ってましたから」

二人は錦心《きんしん》流琵琶の演奏会に来ているのだった。

三カ月ほど前、営業所で趣味の話をしていたとき、池野が「殿村さんは琵琶を弾くんですよね」と、殿村に声をかけた。「そうだよ」と言うのを聞いて、山田麻弥が「へえ、琵琶ですか。いっぺん聴いてみたい」と言い、市橋が「僕も」と応じた。そのとき、池野が横を向いて小さく肩をすくめたが、市橋はその意味がわからなかった。

わかったのは今週月曜日だ。

「これ、山田さんと市橋君に。今週の木曜日。午後六時半からだから」

唐突に渡されたのが、演奏会のチケットと名刺だった。唖然とする二人を残して、殿村は何事もなかったかのように自分の席にもどった。

池野が近づいてきて低くささやく。

「前に殿村さんの琵琶の話をしたとき、君らがいっぺん聴きたいと言っただろう。だから、チケットをくれたんだよ」

山田麻弥が声を落として言い返す。

「あんなのお愛想に決まってるじゃないですか」

「それが通じないのが殿村さんなんだよ。お愛想でも行くと言ったら行く、聴きたいと言ったら聴きたい、それが殿村さんの理解なんだ。チケットを受け取りながら演奏会に行かなかったら、理由をしつこく聞かれるぞ、殿村さんが納得するまで」

「えー、最悪」

山田麻弥が顔をしかめる。市橋も興味はなかったが、スケジュールを確認すると、幸か不幸か予定は空いていた。

次の日、山田麻弥が紀尾中に愚痴った。

「所長は殿村さんが琵琶を弾くのをご存じでした？　わたしと市橋君、明後日、演奏会に行かなくちゃいけないんです。時間の無駄だと思うんですけど」

「たまには伝統芸能に触れるのもいいんじゃないか。私は興味ないけど」

「わたしだってありませんよ」

ふて腐れる山田麻弥の横から、市橋が訊ねた。

「殿村さんて、どこか捉えどころがない感じですが、それでもチーフＭＲをやっているということは、営業力はあるんでしょうね」

「殿村君はある種のレジェンドだな」

「どういうことです」

営業に関する話だと、山田麻弥は俄然、興味を示す。

「彼は自分でも公表しているからいいと思うが、軽い自閉スペクトラム症、いわゆるアスペルガーらしいんだ。知能は高いけれど、コミュニケーションにやや難がある。ところが、ほかのＭＲにはない能力もあってね」

そう言えば、池野も以前、殿村は発達障害っぽいと言っていた。それでも何か特別な能力があるのか。

「たとえば、何年も前にした約束を覚えていてきっちりと守る。ダメ元で頼まれた稀少な文献を、二年以上たってから『ありました』とドクターに届けて、相手を驚かしたこともあるそうだ。映像記憶もあって、製薬法や薬の複雑な構造式を、一度見たら忘れないらしい。それで殿村君は医師の信用を得て、多くの薬を処方してもらってるんだ」

山田麻弥が不審そうにつぶやく。

「でも、コミュニケーションに難ありだと、先生方を怒らせることもあるんじゃないですか」

「そのへんはうまくやっているようだよ。詳しくは本人に聞いてみたらどうだ」

同じ時間を費やすのならと、山田麻弥は殿村に、「演奏会が終わったら、少しお話を聞かせてもらえませんか」と頼んだ。市橋は演奏会のあとには会のメンバーと打ち上げがあるのではと気を遣ったが、殿村はあっさりと彼女の頼みを承諾した。

会場の小ホールは客席が百五十ほどだが、客はまばらで、ほとんどが関係者か奏者の知人のようだ。どこかで見たような顔もあったが、とっさにだれかわからなかった。

「錦心流琵琶というのは、薩摩琵琶の一派で、明治の終わりごろに永田《ながた》錦心という人が創設した流派らしいですよ」

市橋がパンフレットを見ながらつぶやくと、山田麻弥は「興味ないわ」とそっぽを向いた。

演目には「羽衣」「本能寺」「羅生門」など、聞いたことがあるようなないようなタイトルが並んでいる。殿村は三番手で、平家物語の「敦盛《あつもり》」を奏でるらしかった。

開演になり、緞帳《どんちょう》が上がると、金屏風の前に緋《ひ》毛氈《もうせん》が敷かれた舞台に、最初の奏者が現れた。和装の女性で、正座の膝に琵琶を立てるように載せ、大きな撥《ばち》を構える。一礼したあと、いきなり、ベーン、ベベーンとたゆたうような音が響いた。女性がよく通る声で歌いだす。謡《うた》うというか、吟《ぎん》じるというか、琵琶の演奏を聴くのがはじめての市橋には、いかにも新鮮に聞こえる。

二番手の女性が演奏を終えると、いよいよ殿村が舞台に現れた。黒紋付きに袴《はかま》の出で立ちで、盲目の法師をイメージしているのか、出てくるところからほとんど目を閉じている。一礼したあと、膝に琵琶を載せ、底辺が三十センチほどもある大ぶりな撥を構えた。

「あの撥、水牛の角製で、三十万円もしたそうですよ」

市橋が殿村から仕入れた情報を伝えると、山田麻弥は冷ややかに肩をすくめる。

撥が翻《ひるがえ》り、ジャラン、ビーン、ジャジャジャンと前奏がはじまる。弦を弾《はじ》くタイミングがバラバラで、アレンジなのか下手なのかがわからない。余韻を残して前奏が終わると、おもむろに唸りだした。

〽祇園精舎《ぎおんしょうじゃ》の鐘の声　諸行無常の響きあり
沙羅双樹《さらそうじゅ》の花の色　盛者必衰の理《ことわり》を表す

この有名な文句を歌い終わるのに、たっぷり二分ほどもかかる。そのあと、敦盛が登場し、武蔵《むさし》の武将熊谷直実《くまがいなおざね》との悲劇のやり取りがある。殿村は琵琶をかき鳴らしたり、弾いたり、擦《こす》ったりの大熱演で、十五分ほどの演奏を終えた。

自らも感極まったかと思いきや、弾き終わるとふつうの顔にもどり、スタスタと舞台袖に引き揚げた。やっぱり殿村さんは変わってると、市橋は思わずにはいられなかった。

演目がすべて終わったあと、半分以上居眠りをしていた山田麻弥を起こし、出口近くのロビーで待っていると、スーツ姿に着替えた殿村が出てきた。琵琶用の大ぶりなケースを肩にかけ、着物が入っているらしいキャリーバッグを引いている。

「どこか近くの店にでも入ろうか」

「出演者のみなさんと、ごいっしょしなくてよかったんですか」

市橋がふたたび気を遣うと、殿村はなぜ同じことを聞くのかという顔で首を傾げ、市橋が忘れたかのように答えた。

「山田さんが話を聞かせてほしいそうなんだ。だからね」

「いや、そうですけど」

当の山田麻弥は、早く行こうとばかりに出口に足を向けている。

劇場の外に出ると、後ろから大柄な青年がついてきた。微妙な距離でついてくるので、山田麻弥が気味悪がって市橋に聞いた。

「後ろにいるの、だれ」

歩きながらそれとなく後ろを見るが、市橋にもわからない。殿村をうかがうが、何も言わない。そのまま堺筋を南に下り、殿村は通りに面した割烹料理屋の引き戸を、慣れたようすで開けた。

「ここ、よく来るんですか」

「いや、はじめてだ」

店に入ると、大柄な青年もついてきて、市橋たちのとなりのテーブルに座った。殿村の知り合いか、琵琶の関係者かと思うが、こちらを見ようとしないので、市橋も気にしないことにする。

ビールで乾杯したあと、山田麻弥はすぐにも自分の聞きたい話に持っていきたいようすだったが、ここはまず演奏会の話をすべきだろうと配慮して、市橋が言った。

「今日の演奏会、よかったです。琵琶の生演奏を聴くのははじめてですけど、聴き応えがありました」

「そりゃよかった」

「音の響きがすごいですよね。今でも耳に残ってます」

「そりゃよかった」

同じ返事に市橋が苦笑すると、山田麻弥が待ちきれないとばかりに殿村に聞いた。

「この前、紀尾中所長に聞いたんですが、殿村さんて、MRのレジェンドなんですってね。少し勉強させていただきたいんですが、どんな営業をされるのですか」

いきなりそんなことを聞くのは失礼だろうと思ったが、殿村は頓着せずに答えた。

「特別なことはしていないよ。とにかくドクターの前では、できるだけ薬の話はしないようにしている」

「はあっ？」

山田麻弥が顔を歪め、市橋も意味不明とばかり首を傾げる。

「じゃあ、趣味の話とかで場を持たすんですか。まさか、琵琶の話とか？」

「いや、琵琶のことはほとんど言わない。興味を持ってるドクターなんか滅多にいないからね。まあ、たまに変わり者の教授なんかで、琵琶が大好きという人もいるけど」

山田麻弥が苛立ちを抑えているのがわかる。殿村はそれに気づいてか気づかずか、視線を上げてつぶやくように言う。

「薬の話をしないと、逆に聞かれたりするんだ。何のために来たのかっていう顔でね。そのときは答えるけど、売り込みはしないようにしている。そうすると処方してくれるな」

　山田麻弥が市橋に顔を寄せて小声で聞く。

「市橋君、わかる？」

　首を横に振ると、山田麻弥は年長のチーフへの敬意も忘れたように露骨な聞き方をした。

「つまり、その得体の知れない雰囲気で、逆に先生方の興味を惹くというわけですか」

「そういうことは考えたことがないな。とにかく自然体でいくことだよ」

「所長が殿村さんは製薬法でも薬の構造式でも、一回見たら忘れないと言ってましたが、何か特殊な訓練とかされたんですか」

「記憶力はいいほうかな。ドクターの顔と名前も、一度見たら忘れないしな。しかし、冷蔵庫を閉め忘れたり、ガソリンを入れ忘れてエンストになることはときどきある」

　羨ましいようなそうでないような話に、山田麻弥はますます混乱している。

「話はこれくらいでいいかな」

　殿村が唐突に言い、「君、ちょっと」と、となりのテーブルにいた大柄な青年に声をかけた。

「前にやめた村上君の後任で、うちの営業所に配属された緒方《おがた》君だ」

えっと市橋と山田麻弥が顔を見合わす。青年は急にスイッチが入ったかのように背筋を伸ばし、こちらのテーブルに向かって頭を下げた。

「緒方晴仁《はるひと》です。よろしくどうぞ」

市橋と山田麻弥はすぐに挨拶を返せないくらいに驚き、殿村と緒方を何度か見返した。

殿村が緒方に言う。

「同じ営業所の山田さんと市橋君だ。チームは別だが、世代は近いだろうから、いろいろ教えてもらうといいよ」

「はい。よろしくどうぞ」

「こちらこそ……」

山田麻弥が応えるが、目が虚ろだ。殿村が説明する。

「緒方君は優秀なMRなんだが、どうも営業所で長続きしなくてね。堺営業所も五カ所目だったっけ？」

「六カ所目です」

緒方はアラサーに見えるが、その歳で六カ所の営業所を転々としたのなら、相当なハイペースだ。

「どうしてそんなに営業所を変わったんですか」

山田麻弥が訊ねると、緒方は照れ笑いをしながら後頭部に手をやった。代わりに殿村が答える。

「彼はよくドクターを怒らせるんだ。それで上が異動させたほうがいいと判断するんだ」

「たとえばどんなことをしたんです？」

緒方がはにかむように答えた。

「尼崎《あまがさき》の営業所では、中央病院で院長が『話を聞いてるのか』と言ったので、『ほかのことを考えてました』と答えたら、激怒されました。北畠《きたばたけ》では、府立病院の内科部長のアポを二回続けて忘れて出禁になりました。豊中《とよなか》では市立病院の内科のドクターが変な髪型になってたんで、『散髪屋さんが失敗したんですか』と聞いたら、殴られました。千林《せんばやし》では皮膚科の女性医師に『口が臭いですね』と言ったら、コップの水をかけられました。和歌山では泌尿器科の教授に『ご先祖は足軽ですか』と聞いて、口をきいてもらえなくなりました」

「彼はちょっとコミュニケーションに難があってね」

殿村にそう言われるなら、相当なものだろう。市橋は笑顔が強張るのを感じつつ、なんとか差し障りのない話題を振る。

「今日は殿村さんの演奏会に来てたんですね。どうでしたか」

「素晴らしかったです。琵琶はじめてでしたが、心に響くものがありました」

「そりゃよかった」

また同じ相槌だ。市橋が続けて聞いた。

「緒方さんは何か趣味があるんですか」

「僕の趣味は浪曲です」

山田麻弥が額に手を当てて顔を伏せる。市橋も驚いて訊ねる。

「浪曲をやるんですか」

「聴くほうです。大阪は会が少ないので困っているんです。東京には定席もあって聴く機会も多いんですが、大阪はお寺の境内とか、区民ホールとかくらいで。だけど、生で聴く浪曲はいいですよ。客席から『待ってました』『たっぷり』なんて声がかかって、空間の一体感と言いますか、浪曲師が両手を広げて唸りだすと、それはもう……」

緒方は浪曲の魅力について興奮したように語りだした。途中で口をはさめないほどの勢いで、市橋は耳を傾けるのに疲れてくる。殿村は平気そうだが、山田麻弥はさっき以上に苛立ち、顔に怒りさえ浮かべている。市橋はそろそろそのへんでという雰囲気を出すが、まるで伝わらない。

ようやく話が途切れたときに、殿村が言った。

「浪曲はいいよね。春野《はるの》百合子《ゆりこ》なんかよかったね。緒方君の好きな浪曲師はだれ」

せっかく終わりかけていたのに、緒方はさっきに増して早口でまくしたてた。

「それはむずかしい質問です。どの浪曲師にもそれぞれ特徴があって、たとえば……」

ふたたび浪曲談義がはじまり、ついに山田麻弥が声をあげた。

「すみません。わたし、明日の準備があるので、お先に失礼します」

財布から五千円札を取り出し、「足りなかったら明日言って」と市橋に言い残して、椅子に突っかかりながら店を出て行った。

緒方が茫然とそのあとを眺めている。殿村が慰めるように言った。

「悪かったな。彼女、ちょっと空気が読めないところがあるからな」

市橋が目を剝《む》く。それはあんたらでしょうと思うが、彼らにすれば、せっかく盛り上がっていたのにということになるのかもしれない。

立場が代われれば、どちらが基準かはわからない。どこまで空気を読めばいいのかも人それぞれだろう。ということは、程度の差はあれ、だれもが発達障害ということではないか。

そう考えていると、緒方があっけらかんと言った。

「山田さんは、僕よりコミュニケーションに難があるんですね」

山田麻弥が聞いたらどれほど激怒するだろう。彼女が先に帰ったのは正解だと、市橋は虚ろな笑みを浮かべた。

13　ブロックバスター

その日、牧健吾はいつも乗る朝の電車を一本遅らせた。家を出るとき、下の七歳の娘・繭《まゆ》子《こ》がぐずったからだ。下の娘にはどうしても甘くなる。繭子は制服のスカートがブカブカだと泣いたのだ。「お姉ちゃんも一年生のときはブカブカだったよ」と言っても納得せず、妻が肩紐を調節してどうにか泣きやんだ。

牧は島根県松江《まつえ》市の出身で、大学から関西に来て、同級生だった妻と結婚した。目立たない風貌だが、勉強熱心で、医師の信頼も厚く、MRとしての成績は申し分ない。

ミーティングエリアには、すでに八割方のMRが集まって雑談をしていた。今朝の話題は、製薬会社にとってもっとも好ましい病気は何かということらしかった。

調子のいい野々村が、スマホをいじくりながら肥後に言った。

「やっぱり重症の病気がいいんでしょうね。薬をたくさん使ってくれますから」

「いいや。いちばんええのは、治らん病気やな。ずっと薬をのんでくれるやろ」

「高血圧とか糖尿病みたいな慢性病だな」

だれかが答えるのが聞こえ、牧はふと、自分の病気もそうだなと自嘲する。

文学部出身の牧が製薬会社に就職したのは、大学二回生のときに、自分が「家族性高コレステロール血症」だとわかったからだ。悪玉と言われるＬＤＬコレステロールが遺伝的に高くなる病気で、動脈硬化になりやすい。母方の祖父は脳梗塞、叔父は心筋梗塞で亡くなっていたし、母もずっとコレステロールを下げる薬をのんでいる。

牧自身は子どものころから脂肪の多い食事を好まず、なおかつ片方の親からの遺伝による「ヘテロ接合体」という軽症のタイプだったので、成人するまでわからなかった。

「慢性病の患者は、リピーターやからな」

肥後の皮肉な比喩に、野々村が「ヘヘッ」と笑う。もちろん彼らに悪気はない。二人は健康だから、ずっと薬をのみ続けなければならない者の気持がわからないのだ。

牧が自分の病気を黙っているのは、気を遣われたり、あれこれ聞かれるのがいやだからだ。もちろん、妻には結婚前に明かしている。ヘテロ接合体は、遺伝の確率が五〇パーセントだから、出産は不安だったが、幸い上の娘・真理恵《まりえ》には遺伝しなかった。だが、繭子が牧と同じヘテロ接合体だった。そのため食事に気をつけなければならないし、将来の妊娠、出産にも注意が必要となる。

雑談から気が逸れていると、となりで早口の声があがった。

「エイズウイルスのキャリアも、ありがたいんじゃないですか」

これまた服薬には縁のなさそうな山田麻弥だ。

「キャリアはエイズの発症を抑えるために、一生、薬をのみ続けなくちゃいけないんですから。一人当たり年間約三百万円の薬価収入らしいです。うちの会社もエイズ抑制の新薬を開発してくれないかしら」

チーフMRの池野が首を振った。

「年間三百万なんて、そんなチマチマ儲けてどうするんだ。我々が目指すべきはやっぱりブロックバスターだろ」

池野の向こうに座っている市橋が素朴に訊ねる。

「ブロックバスターって、そんなに儲かるんですか」

「ブロックバスターは年間の売り上げが十億ドル、つまり約一千億円を超える薬のことだ。分子生物学とIT技術の発展で、多くの新薬が創られるようになり、合併と買収による製薬会社の大型化で、巨額の宣伝費が投じられて、メガヒット商品が誕生してるんだ」

池野が具体例を挙げる。

「高脂血症治療薬の〈リピトール〉を知ってるだろ。あれはピーク時で年間の売上高が約百三十六億ドル、一兆四千三百億円ほどだ。一剤で販売元であるファイザーの年間売上の三分の一を稼ぎ出した。日本発では、抗がん剤の〈オプジーボ〉が約七千九百億円、認知症治療薬の〈アリセプト〉も、最盛期には年間約三千億円だ。同じく降圧剤の〈ブロプレス〉も二千九百億円ほど売り上げてる」

「そんなにですか。ブロックバスターってすごいんですね」

「ブロックバスターがどうしたって？」

所長室から出てきた紀尾中が、機嫌よさそうに訊ねながらミーティングエリアの奥に進んだ。

いつもの席に着くと、テーブルの上で両手を組み、にこやかにミーティングの開始を告げた。

「みんなも承知と思うが、今年四月にうちが出した高脂血症の新薬バスター5は、当社のブロックバスターになることが期待されている。そのためには一にも二にも、来年改訂される『診療ガイドライン』に収載される必要がある。この度、経営企画担当の栗林常務から、当営業所がガイドライン収載活動の中心になるようにという特命が下った」

ＭＲたちの表情がいっせいに華やいだ。彼らは紀尾中がバスター5のプロモーションを手がけられるかどうか、気を揉んでいたことに気づいていたからだ。

牧の胸の内はさらに複雑だった。バスター5は家族性高コレステロール血症にも有効で、彼自身が密かに服用している薬だったからだ。

「当営業所が選ばれた理由は、ガイドラインの作成に多大な影響力を持つ泉州医科大学の乾学長のお膝元であるからだ」

乾はガイドラインの改訂を担当する合同研究班の班長である。紀尾中は地理的な理由しか挙げなかったが、本社が特命を下したのは、紀尾中の有能さを信頼してのことであるのは、牧以下、全員が了解している。

「ガイドラインの改訂作業は、これからが本番となる。特に来年四月に予定されている日本代謝内科学会総会は、会場が大阪で、乾学長が学会長を務めることが決まっている。最終的な評価はそこで決まるだろうから、みんなも気を緩めず、バスター5のガイドライン収載が確実なものになるよう努力してもらいたい」

「はいっ」

その場のMR全員が声を揃えた。

バスター5の売上見込みは、診療ガイドラインの第一選択に記載されれば、一挙に一千二百億円前後に跳ね上がり、天保薬品の新たなブロックバスターになると見込まれている。だが、当然ながらガイドラインへの収載は簡単ではない。科学的根拠はもちろんのこと、臨床現場の反応や、学会での評価も参考にされる。さらには、他社のライバル薬にも打ち勝たなければならない。

堺営業所に特命が下ったからには、牧もその一員として、さらには自分自身が服用している薬にお墨付きを得るためにも、密かに目的達成の決意を固めた。


高揚した気分でミーティングが終わったあと、牧は紀尾中に呼ばれて所長室に行った。

「今日、十時に取材に来る記者は、君の知り合いなんだろ」

「大学時代の同級生です」

「だったら、君も同席してくれ」

この日の取材は、牧が毎報《まいほう》新聞の医療情報部にいる友人の菱木《ひしき》雄治《ゆうじ》に頼んだものだった。バスター5の特性を話すと、興味を持ってくれたのだ。

時間通りに菱木が来ると、紀尾中は親しみを込めた笑顔で出迎えた。

名刺を交換したあと、菱木はさっそく取材ノートを広げて質問をはじめた。

「御社のバスター5は、高コレステロール血症の画期的な新薬とのことですが、これまでの薬とどこがちがうのですか」

「従来の治療薬は、コレステロールを下げることばかりを目指していました。代表的なものは、肝臓でのコレステロールの生成を抑える〈スタチン〉系と、消化管からの吸収を抑える〈エゼチミブ〉です。第三の方法として、排泄を促す薬も開発されていますが、これは下痢などの副作用もあり、さほどの効果が得られません。弊社のバスター5は、これらとはまったく異なる発想で創られたものです」

紀尾中はいったん言葉を切り、改まった調子で訊ねた。

「菱木さん。脳梗塞とか、心筋梗塞はご存じでしょうが、腎臓梗塞とか、肝臓梗塞というのを聞いたことがありますか」

菱木は戸惑いの表情で首を振る。

「コレステロールが問題なのは、動脈硬化を引き起こし、脳梗塞や心筋梗塞につながるからです。しかし、腎臓や肝臓にだって動脈はあるし、心臓や脳以上に血管が細かいのだから、梗塞を起こしても不思議ではない。ところがそうはならない。なぜか。バスター5はそこに目をつけて開発された薬なんです」

要領がつかめない菱木に、紀尾中がパンフレットの図を示した。脳と心臓の血管に、悪玉コレステロールが吸着しているイラストが描かれている。

「コレステロールは全身の血管に均等に流れているのに、なぜ脳と心臓の血管で梗塞を引き起こすのか。それは脳と心臓の動脈の壁に、特別コレステロールがくっつきやすいからなんです」

さも意外なことを言われたように、菱木はパンフレットの図に目を凝らした。コレステロールがこびりつくと、動脈の壁はコブのように膨れ、内腔を狭めてしまう。動脈の内皮にコレステロールを取り込んでいるのは、Y字形の白い分子だ。『アポBレセプター』と書いてある。

菱木が眉をひそめて聞いた。

「このアポBレセプターというのが、動脈硬化の原因なのですか」

「そう。『アポB』というのは、コレステロールの表面にあるタンパク質です。アポBレセプターは、このタンパク質と結合して、コレステロールを血管の壁に取り込むのです」

納得したように菱木がうなずく。話が見えてきたのだろう。

「脳と心臓で梗塞が起こるのは、脳と心臓の動脈の壁に、ほかよりアポBレセプターが多いということです。バスター5は、このアポBレセプターをブロックする薬なのです」

紀尾中の説明に、菱木は取材ノートに要点を書き留めていく。そして、ふと思いついたように聞く。

「なぜ、脳と心臓の動脈の壁に、このレセプターが多いのですか」

「それは重要臓器だからです。コレステロールは元々生体に必須の物質です。かつてコレステロールが十分でなかった時代に、ほかの臓器より効率よく取り入れるために、アポBレセプターが多く発現したのでしょう。ところが近代になって食生活が向上し、コレステロールが過剰になった。それが動脈硬化の原因になる。バスター5はこの過剰摂取を抑えるのです」

バスター5が動脈硬化を抑制するメカニズムはわかっただろうが、その先の画期的な意味を、菱木は理解するだろうか。牧は期待を込めて大学時代の友人を見た。紀尾中も同じ思いなのか、考える時間を与えている。

菱木は頭を整理するように眉間に皺を寄せ、自分の考えを追うように言葉にした。

「動脈硬化はコレステロールが原因のひとつで、バスター5はコレステロールを取り込むアポBレセプターをブロックする。ということは──、つまり、コレステロールが高くても、血管の壁に取り込まれない。ということは──、そもそもコレステロールを下げる必要がなくなるのですね」

「ご明察」

さすがは辣腕《らつわん》記者だ。紀尾中も満足そうに微笑む。

菱木が牧のほうを向いて、難問のクイズでも解いたような顔で言った。

「たしかに画期的な治療薬だな。高コレステロール血症という病気が、有名無実になるんだものな。面白い記事になりそうだよ」

　牧も興奮気味に応じた。

「心臓と脳以外で梗塞が起こらないことに目をつけたのは、紀尾中所長なんだ。すごいと思わないか。脳梗塞や心筋梗塞の研究をする者は多かったが、梗塞が起こらない臓器に着目した研究者はいなかったんだから」

「私はきっかけを作っただけだよ。重要な役割を果たしたのは、アポBレセプターを発見したうちの創薬開発部だ」

　謙遜したあとで、紀尾中が元の口調で菱木に続けた。

「動脈硬化を起こすのは、コレステロールだけではありません。中性脂肪も原因になります。バスター5は完全にではありませんが、中性脂肪が心臓と脳の血管に蓄積されるのを抑える効果も証明されています」

「身体に必要なコレステロールを下げすぎずに、動脈硬化を予防できるのは、従来の治療薬とはまったくちがうコンセプトですね。まさに新しい発想です」

　紀尾中がゆっくりとうなずく。牧も誇らしい気分だった。

「今日、うかがった内容は、デスクに伝えて大きな記事にしてもらいます。医療は読者の関心も高いですからね」

「よろしくお願いします。バスター5には我々も期するところが大きいのです。この薬で高コレステロールに悩む患者さんに少しでも安心を届けたいと願っています」

紀尾中が言うと、菱木は力強くうなずき、満足そうに立ち上がった。

牧が三階のフロアから出口まで見送った。

「今日はありがとう。この営業所は特命を受けて、バスター5のガイドライン収載を目指してるんだ。新聞で紹介してもらえれば追い風になるよ」

牧が緊張を解いて言うと、菱木もくだけた調子で応じた。

「礼を言うのはこっちのほうさ。だけど、薬の宣伝になるような記事は期待するなよ。あくまで事実を報じるだけなんだから」

「それで十分だ」

本心からそう思った。菱木ならいい記事を書いてくれるだろう。ガイドライン収載に向けて、まずは順調な滑り出しだった。

ところが、三日後、菱木が妙に落ち着きのない声で電話をかけてきた。

「高脂血症の新薬は天保薬品だけじゃなくて、タウロス・ジャパンも出しているそうじゃないか。《グリンガ》という画期的な薬。牧は知らなかったのか」

「もちろん知ってるさ。けど、グリンガは画期的でも何でもないぞ。コレステロールの排泄を促進する薬だろう。バスター5に比べると、効果はかなり低いんだから」

「いや、タウロス・ジャパンに取材に行った記者は、逆にグリンガこそが画期的で、バスター5は海のものとも山のものともつかないと言われたらしいぞ」

「タウロス・ジャパンにも取材に行ったのか。まさか、同じ記事で紹介されるんじゃないだろうな」

「それはわからん。デスク次第だ」

せっかくバスター5をメディアに売り込んだのに、グリンガと抱き合わせの記事になれば効果が半減してしまう。それどころか同等の薬と見なされて、バスター5の価値が逆に低下しかねない。

「なんとか別記事で頼むよ。バスター5のほうが明らかに優れているし、発想も斬新なんだから」

牧は言葉を尽くして説明したが、菱木の一存では決めにくいようだった。

14　タウロス・ジャパンの鮫島

牧から話を聞いた池野が報告に来ると、紀尾中はタウロス・ジャパンと聞いて、思わず考え込んだ。

「取材の相手はわかってるのか」

「本社の営業部らしいです。応対したのは例の鮫島《さめじま》さんですよ」

池野が口にしたのは、紀尾中がもっとも聞きたくない名前だった。

鮫島淳《じゅん》。タウロス・ジャパンの営業課長。紀尾中とは浅からぬ因縁のある相手だ。よりによってあいつが出てくるとは、と紀尾中は眉をひそめ、今後の成り行きに強い警戒心を抱いた。

タウロス・ジャパンのグリンガは、もちろん紀尾中も知っている。元々、コレステロールの排泄促進は、天保薬品でも考えていたメカニズムだった。しかし、この方法では十分な効果が期待できないということで、開発が疑問視された。そんなとき、紀尾中のアイデアから、心臓と脳の動脈内皮細胞でアポBレセプターが見つかり、画期的な新薬として密かに研究が進められていたのだった。

効果としてはバスター5のほうがはるかに優れている。副作用も少ない。おまけにバスター5には、中性脂肪による動脈硬化予防の効果も含まれる。グリンガなどよりよほど第一選択にふさわしいはずだ。

しかし、優れていればそれだけでガイドラインに収載されるほど、世の中は甘くない。ましてや鮫島が相手となると、よほど気を引き締めてかからないと苦杯をなめさせられる。

紀尾中の脳裏には、いやでも鮫島の不敵な笑いが思い浮かんだ。


…………


今年の一月、製薬協の学術フォーラムで、紀尾中が池野と昼食後のコーヒーを飲んでいると、長身の鮫島が部下を連れて近づいてきた。

「よう。久しぶり」

招かれざる客だとわかっていながら、愛想よく片手を上げる。

「紀尾中は相変わらず堺にいるらしいな。俺は今、本社に移ってこういう仕事をしてるよ」

差し出された名刺には、営業課長の肩書きがついていた。少し前まで奈良の営業所長をしていたはずだから、栄転したのだろう。

　鮫島はろくに許可も取らずに、紀尾中たちの前に座った。そして横に腰を下ろした部下に、芝居がかった口調で呼びかけた。

「おい、佐々木《ささき》。この紀尾中所長はな、天保薬品きっての切れ者で、将来は社長にでもなろうかってお人だ。俺以上に戦略家だから、いろいろ学ぶところがあるんじゃないか」

　鮫島はオールバックに薄い眉で、三白眼に異様な敵愾心《てきがいしん》をにじませながら、思い出したように佐々木に問うた。

「そう言えば、紀尾中は以前、こんな話をしていたな。MRとして担当するとき、売れている薬と、売れてない薬のどっちがいいか。おまえならどっちを選ぶ？」

「そりゃ売れている薬でしょう。楽にノルマを果たせるんだから」

　キツネ目の佐々木が即答すると、池野が思わず俯《うつむ》いて口元を緩めた。鮫島は一瞬、鋭い視線を向け、すぐに鷹揚な笑みを浮かべた。

「おまえ、天保薬品のMRさんに嗤われてるじゃないか。こういうときは逆張りで、売れていない薬と答えるのが常識だろ。理由はわかるか」

　この話は紀尾中がまだチーフMRだったころに、何かの集まりで、鮫島もいた席で話したことだった。

　当時、鮫島は天保薬品より売り上げの少ない会社にいて、同じくチーフMRをしていた。自分が格下の会社にいることで、紀尾中に強い劣等感を抱いていたが、その後、実力が評価され、タウロス・ジャパンにヘッドハンティングされたのだった。外資系のタウロス・ジャパンは、大阪駅前の一等地で高層ビルの四フロアに本社を構える準大手で、従業員数は約四千人。給与水準も国内系を上まわる。ニューヨーク州バッファローを本拠地とするタウロス本社は、年間総売上三百億ドル（約三兆一千五百億円）を超えるメガファーマだ。

　佐々木が答えあぐねていると、鮫島は紀尾中を横目で見ながら言った。

「売れていない薬を担当させられたら、腐るMRがいるが、紀尾中所長によればそれはチャンスなんだそうだ。売れない薬を売れば実力があると見なされるからな。逆に売れている薬を担当させられたら、売れて当たり前、売れなければ評価が下がるというわけだ。楽な仕事を与えられて喜んでいるようではダメってことだ」

「よく覚えてるな。あのころに比べると、鮫島もずいぶん出世したじゃないか」

　紀尾中はお愛想のつもりだったが、鮫島は目に険を走らせ、むかし以上のライバル心を剥き出しにした。

　険悪な雰囲気を察した池野が、差し障りのない話題を振った。

「所長は鮫島さんとずいぶん親しそうですが、前からのお知り合いなんですか」

「俺と鮫島は、大学サッカーの試合でよく会ってたんだ。学年も同じだからな」

「そう。どっちの大学も一部リーグで、二人とも主将を務めてた。ポジションは俺がトップで、紀尾中がトップ下の司令塔。紀尾中のスルーパスは意表を衝《つ》きすぎて、味方の選手も追いつけなかったな」

鮫島は気分を変えて笑い、池野に含みのある目を向けた。

「しかし、君も紀尾中の下で働いてると、息が詰まらないか。彼は優秀だが、きれい事に走るきらいがあるだろ」

池野が答えに困っていると、紀尾中が「何のことだよ」と問い返した。鮫島は紀尾中には答えず、池野に説明した。

「大学のとき、日本と北朝鮮の試合をみんなでビデオ観戦したことがあってな。相手のラフプレーがひどかったから、次は日本もやり返すべきだと俺は言ったんだ。ところが、紀尾中はフェアプレーを続けるべきだと主張した。そんなことをして格下のチームに負けたらどうするんだと言ったら、紀尾中はどう勝つかが問題なんだとのたまったのさ」

池野は苦笑いで応じたが、紀尾中は軽い気持で聞くことができなかった。

学生時代の鮫島のプレーを思い出す。ペナルティエリア内での大袈裟なシミュレーション。足をかけられてもいないのに、派手に倒れてファウルを取らせた。ペナルティキックを決めて、奇妙なダンスを踊ったから、「ふざけてるのか」と怒鳴ったら、明るい声で「鮫島はまじめさ！」と言い放った。紀尾中は自分のチームにだけは、そんな卑怯な真似はさせまいと心に誓った。

「俺は今でも同じ考えだ。相手に合わせてラフプレーをすれば、試合に勝っても勝負には負けたも同然だ。日本はフェアプレーを貫いて勝つべきだ」

「ご立派だねぇ。もしかして、薬の売り方も同じと考えてるんじゃないだろうな」

「もちろん同じさ」

「じゃあ、効果の不確かな薬とか、副作用が心配な薬を売るときはどうするんだ。天保薬品にだって、そういう薬はあるだろう。医者に処方させるためには、都合の悪いことは言えないんじゃないか」

「ありのまますべてを話す。その上で、処方してもらえるかどうかは医者次第だ。患者のことを第一に考えれば当然だろう」

鮫島は待っていたかのように、鋭い目で見返してきた。

「俺の考えはちがうね。自社製品の不都合なことを医者に伝えるのは、利敵行為に等しい。薬はできるだけ多く、できるだけ長く処方してもらうことが重要なんだ。薬の宣伝を見てみろ。テレビでやってる風邪薬のCM。『治そうね、即、《ピピロン》で！』って、かわいい子役が父親役の俳優に言ってるだろ。早期治療を勧めるのは、少しでも薬をたくさん使わせるためだ。あのＣＭのせいで、今、ピピロン中毒が問題になっているのを知ってるか。早めの治療でしょっちゅうピピロンをのんでた連中が、ピピロンをのまないと落ち着かない症状が出てるんだ。風邪薬には習慣性のあるアセトアミノフェンや、リン酸コデインが含まれてるからな」

「だからこそ、患者のことを考えないといけないだろう」

「だが、儲かってるのは患者のことなんか考えない会社だ。副作用が出たら薬をやめるんじゃなくて、それを抑える薬を追加する。耐性が生じたらさらに強い薬をのませる。それが製薬会社の利益につながるんだ。そうだろ、佐々木」

佐々木が御意《ぎょい》とばかりにうなずく。それに対抗するように、池野が口を開いた。

「でも、今はコンプライアンスが強化されていますから、薬本位で医師に働きかけるしかないんじゃありませんか」

鮫島は面白い話題を見つけたとばかり、ニヤリと笑った。

「むかしは医者の接待し放題、贈り物も渡し放題で、ＭＲはある意味やりやすかった。だがその分、カネもかかった。今は規制でがんじがらめだから、少ない経費で効果が得られる。お偉い先生方も所詮は人間。出すものを出せば以心伝心、魚心あれば水心ってやつさ」

「それは利益相反だろう」

紀尾中が反論すると、鮫島は我が意を得たりという顔で開き直った。

「利益相反、大いに結構。コンプライアンス違反もお構いなし。ただし、バレないという前提でだがな」

「不正行為をしてまで薬を売ろうとは思わない。製薬会社には社会的使命がある」

「理想主義者の紀尾中らしいな。しかし、はっきり言ってやろう。俺たち製薬会社は病気という他人の不幸でメシを食ってるんだ。患者をいたわるふりをして、胸の内ではもっと長引けと思っている。早く治るといいですねなどと言うのは、建前にすぎん」

池野が横でバツの悪そうな顔で俯いていた。こいつも似たような考えなのか。紀尾中は姿勢を正して声を強めた。

「MRの目的は医療に貢献することだ。俺たちがやっているのは単なる金儲けじゃない」

そう言うと、鮫島の三白眼に鋭い怒りのようなものが走った。

「だから、MRの仕事は崇高だとでも言いたいのか。それは単なる金儲けでしかない数多《あまた》の職業を誹謗《ひぼう》するのと同じだぞ。おまえは自分の営為を美化し、ほかの仕事を見下しているんだ。それこそおまえの鼻持ちならないエリート意識だ」

紀尾中は一瞬、たじろいだが、それでもなんとか反論した。

「俺はほかの職業を見下してなんかいない。どんな仕事でも、社会に必要とされているから存在しているんだ」

「よくそんな欺瞞的なことが言えるな。営利企業が金を儲けなくて、社会に貢献できるのか。倒産すればすべてパーだ。おまえだって、天保薬品が外資に吸収合併されたら、金儲けに走らざるを得なくなるんだ」

「そんなことにはならない。俺は理想を忘れない。理想を失って金儲けに走るほど、空しいものはない」

紀尾中が言うと、鮫島は苛立ちと不愉快さをこけた頬に走らせ、捨てゼリフとともに立ち上がった。

「なんて頑固なんだ。霞《かすみ》でも食ってろ」


…………


「あのとき、所長は私を諭すつもりで言ってくれたんですよね」

池野が一月の出会いを思い返すように紀尾中に言った。

「そういうわけでもないが、俺はやはり鮫島のような営利主義は好まない。まわり道のようでも、患者のことを第一に考えたほうが、結果的に売り上げにもつながると思っている」

池野がうなずき、ふたたび問うた。

「毎報新聞のほうはどうしましょう」

「牧君の知り合いに無理を言うわけにもいかんから、この件はこれで終わりにして、次の方策を考えよう」

池野が出て行くと、紀尾中はひとりデスクで考え込んだ。

――鼻持ちならないエリート意識。

そう指摘したときの鮫島の目には、本気の怒りが浮かんでいた。理想主義者とも言われた。たしかに自分は、そこそこ裕福な家で何不自由なく育ち、これといった挫折もなく今日まできた。それが自分のきれい事好きにつながっているのか。

紀尾中の父は商社マンで、多忙だったが取締役まで出世した。その父が、常に「仕事でいちばん大事なものは誠意だ」と言っていた。それがまわりまわって自分の利益にもつながるのだと。

嘘は効率が悪いということを教えてくれたのも父だった。

――嘘をつけば、その嘘を正当化するための嘘がまた必要になって、きりがなくなる。そんなことをするより、過ちでも失敗でも正直に認めて、謝ったほうがいい。

紀尾中は己の信じる道を行くことで、キャリアを積んできた。努力もし、いろいろ考え、決断もした。それが今につながっている。それを鮫島は理想主義者と言い、エリート意識とそしるのか。

そうかもしれない。だが、紀尾中が目指しているのは、患者を第一に考えることばかりではない。口には出さないが、売り上げも重視している。当たり前だ。その両立が理想なのだ。理想を高く掲げずして、何のための仕事か。

今はバスター5のガイドライン収載に向けて、全力を挙げることが先決だ。勝たなければ意味がない。鮫島相手にどこまでフェアプレーを貫けるのか。紀尾中にも先は見えなかった。

15　論文ねつ造事件

北摂《ほくせつ》大学は新興の私立大学だが、発足当初から医学部を持つ総合大学である。医学部と付属病院のある摂津《せっつ》市は、大阪北部に位置する衛星都市で、住みやすい町として、ここ十年、人口も増加している。

付属病院の研究棟の廊下を、タウロス・ジャパンの鮫島淳が、大股で歩いていた。目指すは代謝内科の教授、八神功治郎《やがみこうじろう》の部屋である。

八神は日本高脂血症治療学会の理事で、診療ガイドラインの改訂をする合同研究班のメンバーでもある。

秘書に教授の在室を確かめ、扉をノックする。

「失礼します。タウロス・ジャパンの鮫島でございます」

鮫島は気をつけの姿勢で最敬礼をしたあと、最高の笑顔を教授に向ける。

「鮫島君か。君の顔はいつ見ても怖いな。俳優ならさしずめ悪役専門だろう」

半白髪に縁なし眼鏡の八神が、にやけた顔で揶揄する。機嫌は悪くないようだ。それならこちらもと軽く応じる。

「いやだな、先生。これでも精いっぱい、いい顔をしてるんですよ。八神先生は私にとっては特別重要な方ですから」

露骨に媚《こ》びると、八神は「フン」と満足そうに鼻を鳴らした。鮫島にパイプ椅子を勧めながら、自分は豪華な肘掛け椅子にふんぞり返る。

「先生のその白衣、いつ見ても斬新ですね。さすがは大学きってのエリート集団のボスでいらっしゃる」

「来る早々、ベンチャラの連発か」

口では疑いながら、まんざらでもないようすで白衣の襟を撫でる。

八神の白衣は特注で、ナポレオンカラーと呼ばれる高く折り返った襟が特徴だ。間もなく還暦を迎える八神は、高脂血症治療の専門家とは思えないほどの肥満体だが、鮫島が大人《たいじん》の風格だなどと持ち上げると、簡単に機嫌のよい顔になるのだ。

それもこれも、八神の挫折のなせる業だと、鮫島は内心で憐れむ。MRが重要人物に近づくときは、経歴はもちろん、性格、趣味、家族構成、自慢のネタからコンプレックスまで、ありとあらゆる情報を〝裏えんま帳〟と呼ばれるメモに記録する。

八神は私立の中高一貫校から、現役で阪都大学の医学部に進み、席次一位で卒業した。卒業後はエリートが集まる第一内科に入局し、同期のトップで博士号を取得。アメリカの名門、スタンフォード大学に留学し、そのまま日本には帰らず、十八年間、高脂血症治療の研究に従事した。論文は「ネイチャー」や「ランセット」などの一流誌に掲載され、国際的な評価も高まった。もちろん、日本でも名声を轟かせ、阪都大学からは招聘《しょうへい》教授の肩書きが贈られていた。

ここまでは絵に描いたようなエリートコースだが、思わぬ挫折が待っていた。五十五歳で満を持して帰国し、当然、「招聘」ではなく本チャンの教授として迎えられるだろうと思っていたところが、教授選で准教授の岡部《おかべ》信義《のぶよし》に敗れたのだ。理由は、教授会のメンバーが八神の性格を危ぶんだかららしかった。八神は名誉欲と嫉妬心が強く、傲慢であることが知れ渡っていた。教授会はある意味、ムラ社会なので、仲間に加えるかどうかは、医学上の実績もさることながら、人間性が重視される。

教授選に敗れた八神は、さりとてアメリカにもどることもできず、致し方なく新興の北摂大学の教授に甘んじたのだった。彼の屈辱と怒りはすさまじく、何かといえば阪都大を敵視し、学会では自分の就くべきポストを奪った岡部にいやがらせのような質問を繰り返した。

そんな性格でよく医学部の教授が務まるなと思うが、そこは八神の学問的業績がものを言った。アメリカ滞在中に、彼は脂肪細胞から分泌される「レポネクチン」というペプチドを発見し、専門家をあっと言わせた。これは食欲と代謝を調整するホルモンで、肥満を抑制する効果もあり、脂質代謝の領域で大いに注目された。

さらにここ数年来、世間的に八神の名声を高めたのが、「《ディテーラ》論文ねつ造事件」である。今日の訪問目的を達するためにも、せいぜい八神を気分よくさせなければならない。

「先生のご指摘で明るみに出た例の論文ねつ造事件、世の中に与えたインパクトは大きかったですね」

頃合いを見て鮫島が話を振ると、何度も話していることなのに、毎回、新鮮な反応が返ってくる。

「医学者として、あの事件だけは許しがたいと思ったからな。薬を売らんがために、医学研究を悪用するなど、医療者の風上にも置けん行為だ」

「おっしゃる通りでございます」

世間を揺るがしたディテーラ論文ねつ造事件は、二〇一〇年から一四年にかけて行われた大規模な論文不正事件である。ディテーラはベルギーに本社のあるギルメッシュ社が発売した高脂血症治療薬で、中性脂肪の値を下げる薬剤として世界中で処方されていた。すでに年間の売り上げが二十億ドルを超えるブロックバスターだったが、ギルメッシュ社はさらに売り上げを伸ばすため、新たな臨床試験を企てた。

舞台に選ばれたのは日本の五つの大学である。臨床試験の内容は、ディテーラを服用している患者は、服用していない患者に比べ、心筋梗塞の発症率が有意に（統計上、意味がある状態で）低いというものだった。実際、ディテーラによる心筋梗塞の予防効果に関する論文は、スウェーデンとイタリアからすでに出ていた。しかし、臨床試験の規模が小さかったため、説得力が十分でなかった。それを日本で大規模試験を行い、その論文で世界中にディテーラを売り込もうとしたのである。

ねつ造事件の主役はギルメッシュ社日本支社の社員、滝村真一《たきむらしんいち》という男だった。滝村は五つの大学の教授に取り入り、ギルメッシュ社の大規模試験への参加を持ちかけた。そして身分を隠し、統計処理の専門家という触れ込みで、直接、データを管理できる立場を確保した。

五つの大学には、ギルメッシュ社からそれぞれ左記のような奨学寄附金が送られた。

・京洛《きようらく》大学（国立）：三億四千万円。
・奥洲《おうしゆう》大学（国立）：三億一千万円。
・中部中央《ちゆうぶちゆうおう》大学（県立）：二億八千万円。
・東京帝都《ていと》大学（私立）：一億九千万円。

・北摂大学（私立）：七千六百三十万円。

見ての通り、奨学寄附金の額は明らかに大学の格に合わせて決められている。北摂大学が一桁少ないのは、新興の大学のせいだろう。それでも臨床試験に選ばれたのは、権威の一人である八神がいたからだ。

一方、プライドの高い八神にすれば、この奨学寄附金の額はとうてい納得できるものではなかった。八神はギルメッシュ社に寄附金の増額を求めたが、受け入れられなかったようだ。

各大学でいっせいにはじまった臨床試験で、最初に論文を発表したのは、東京帝都大学だった。内容はギルメッシュ社の要望通り、ディテーラの服用群では、有意に心筋梗塞の危険性が低下するというものだった。

しかし、一部の専門家から、この論文は信頼性が十分でないという意見が出され、国立医療センターの副院長が、医師向けの雑誌である「医事通誌」で、論文の問題点を具体的に指摘した。

この動きを見て、八神は知り合いの記者を通じて、週刊誌に東京帝都大学の論文には重大な疑義があるという意見を発表した。しかし、八神の性格をよく知る記者は、どうせやっかみから出たものだろうと、扱いを小さくしたため、さほどの反響は得られなかった。

続いて、京洛大学と奥洲大学から相次いで論文が発表され、やや遅れて中部中央大学からも論文が出て、ディテーラの心筋梗塞予防効果が、専門家の間で話題になるようになった。ところが、奥洲大学の研究者による内部告発で、論文に改ざんの疑いがあることが発覚し、調査委員会が立ち上げられた結果、不正行為が明らかになった。

この報道で決定的な役割を果たしたのは、毎報新聞の記者だった。一連のディテーラの論文の著者に、不可解な名前が紛れ込んでいることに気づいたのだ。その名は「Shin-ichi Takimura」。論文には通常、筆頭著者以外に論文に関わった研究者が五、六名、多いときには十名近く名前が挙げられる。英語論文では、当然、著者名も英語表記になる。見慣れない者には、パッと見で同一名の存在を見分けるのは困難だ。だからこそ、当人も発覚しないと高をくくったのだろう。

しかし、記者はこの「Shin-ichi Takimura」＝滝村真一がどういう人物なのかを調べた。肩書きは某大学の統計処理専門家だった。しかし、その大学に該当する人物はおらず、さらに調査を続けると、滝村はディテーラの治験の前に、ある短期大学で非常勤講師として臨床統計学を担当していることがわかった。正体を知るべく、その大学の教員一覧表を確認する、果たして肩書きは「ギルメッシュ日本支社・統括宣伝部副部長」。すなわち、ディテーラの臨床試験に、発売元であるギルメッシュ社の社員が関わっていたことが判明したのだ。

滝村が身分を偽って治験に関わっていたことは、明らかな利益相反であり、許されないことである。この事実は一大スクープとして報じられ、先の週刊誌の記者が八神に取材して、今度は大きな記事にした。

その後の取材で、臨床試験に関わった研究者から、データの改ざんやねつ造の証言が出はじめ、ある研究者は滝村がギルメッシュ社に都合のいいように、データの水増しや改ざんをしたと証言した。これらにより、ディテーラの臨床試験は「論文ねつ造事件」として、連日、大々的に報じられることになったのである。

八神がこの状況を利用しないはずはない。ディテーラの論文に最初に疑問を呈したのは別の教授らだったが、彼らは軽々しくメディアに出ることを嫌ったため、八神だけが注目される恰好になった。過激な発言も辞さない八神は、メディアに重宝され、新聞や週刊誌のみならず、テレビ番組にも出演するようになった。論文不正を厳しく糾弾することで、自らの正義を印象づけたのである。

八神の知名度は上がり、一躍、高脂血症治療の第一人者のような扱いを受けるようになった。鮫島が八神に接近したのも、このような経緯があったからだ。

この事件は、医学に対する世間の信頼を裏切るものとして糾弾された。しかし、端的に言って、この論文不正で、実際的な被害を受けた患者は一人もいない。むしろ、これまでディテーラで良好に治療を受けていた患者が、事件のせいでディテーラが処方されなくなれば、そちらのほうが実害があった。

結局、メディアはそんな実態より、製薬会社や研究者という社会的強者が行った不正に、大袈裟な正義を振りかざしたということなのだ。騒ぎが大きくなったことで、厚労省が検察庁に告発し、滝村は逮捕されたが、罪状は薬事法の誇大広告違反。それを見ただけでも、患者に治療上の被害はなかったことがわかる。裁判では滝村と医師の間で、責任のなすり合いが行われただけで、結果、一審も二審も無罪判決となった。

本社のギルメッシュ社もまた、論文のねつ造は現場の医師主導で行われたもので、ギルメッシュ社はいっさい関知していないと公表することで、巧妙に責任を回避した。

鮫島はここからひとつのことを学んだ。すなわち、うまくやれば、論文不正は発覚してもだれも有罪にならず、会社の被害も最小限に抑えられるということだ。

八神はこの事件の発覚を自分の手柄のように思っているから、ご機嫌うかがいの話題には欠かせない。

「ディテーラ論文ねつ造事件以来、八神先生は名実ともに、高脂血症治療学会のドンになられましたからね」

「君ぃ、ドンだなんて、地方政治家のボスみたいな言い方はやめてくれよ。学会には会長の乾先生もいるんだから」

　思わせぶりに乾の名前を出し、軽く顎を引く。

　乾は八神が帰国したときに退官した阪都大学の教授で、もし乾が八神を後任に推してくれていたなら、すんなりと教授になれたはずだった。だから、乾に言及したということは、悪口を言えという誘い水である。鮫島はここぞとばかりに誘いに乗る。

「いやいや、乾さんはもう過去の人ですよ。御年七十でしょう。いつまで地位にしがみついてるんですかね。若い先生方からすれば、老害もいいところですよ」

「まあ、そんなことを言う人もいるようだが」

　まだ餌が足りないと感じると、鮫島は即座に言い足す。

「まわりが見えてないんですね。判断力が鈍っているというのか、もしかしたら、認知症がはじまっているのかも」

「ウッハッハ。君も口が悪いな」

　八神の頬が喜悦に膨らむ。もうひと押しだ。

「だいたい乾さんは人を見る目がなさすぎますよ。自分の後任にあんな華のない岡部さんを推すなんて。おかげで阪都大は今や鳴かず飛ばずでしょう。そこへ行くと、北摂大学は八神先生が来られてから、繁栄の一途じゃないですか。前途洋々ですよね」

「まあ、この大学も、僕が来てずいぶん得をしているようだからね」

「ごもっともでございます。ところで」

機が熟したと見た鮫島が、揉み手をしながら上体を屈めた。

「来年の六月、診療ガイドラインの改訂がありますでしょう。弊社のグリンガですが、その後、先生のご印象はいかがでしょうか」

「作用機序としては目新しいが、従来薬と比べて、効果が思ったほどでないからな」

「またまた、そんな意地悪をおっしゃる。グリンガは患者さまによっては、従来薬にはない効果を発揮いたしますよ。便通もよくなりますし、コレステロールと中性脂肪の両方が高い患者さまには特に有効です」

「しかし、天保薬品のバスター5のほうが優れているのじゃないか」

ライバルの薬名を出されて、鮫島は表情を引き締める。おもねり一辺倒の顔を引っ込め、狡猾《こうかつ》な陰謀家の目で声をひそめる。

「バスター5は、泉州医科大学の乾学長が推しておられるようですよ」

それまでさん付けだった乾を学長と呼び、わざと八神の自尊心を傷つける。八神の顔に剝き出しの敵意が浮かびあがる。

「ほんとうかね」

「天保薬品のMRが、あざといやり方で乾さんを籠絡しつつあるようですから」

さん付けにもどして八神を軽く慰撫する。さらに困ったふうを装い首を振る。

「まったく、乾さんには参りますよ。自社薬品のいいところばかり吹聴するMRを盲信するんですからね。完全に判断力を失ってますね。耄碌《もうろく》してるんじゃないですか」

乾をこきおろしても、八神の怒りは収まらない。

「乾さんは診療ガイドラインの改訂で、バスター5を第一選択に収載しようとしてるのか」

「それはわかりませんが、万一、それが通ったら、乾さんはますます学会でのさばりますよ。そんなことを許していいんですか」

「いいわけはないだろ。あのピンボケのジジイには早々に退場してもらわなけりゃいかん。それが学会の発展のためだ」

「おっしゃる通りです。八神先生が学会長になられることこそが、高脂血症治療学会のため、ひいては日本の医学のためです。ですから、なにとぞグリンガの後押しを、よろしくお願いいたします」

八神は苛立ちに満ちたため息を洩らしただけだったが、鮫島は十分な手応えを感じ、内心でニヤリとした。

教授室を出たあと、鮫島は鼻歌まじりに六階からエレベーターで下りた。ＭＲのときはもっぱら階段で上り下りしたが、今は実力者の八神に取り入っているのだ。怖いものはない。

——クソまじめな紀尾中なら、本社勤務になってもエレベーターは使わないんだろうな。

ライバルの顔を思い浮かべて冷笑する。

玄関から駐車場に向かうと、西の空に北摂の夕暮れが広がっていた。ブルーと赤みがかったオレンジのグラデーションに、ふと十代のいやな思い出がよみがえった。

中学時代の鮫島は、優等生でサッカー部のキャプテンだったが、家の中は荒れていた。両親の喧嘩が絶えず、まともな食事もできなかった。鮫島が喧嘩をやめてくれと頼むと、「子どもは口出しするな」と父親に怒鳴られ、母親からは「あんたさえ生まれなかったら、とっくのむかしに別れてた」と言われた。鮫島は自分が両親の不仲の原因のように感じられ、悲しかった。

中学三年生の半ばに両親が離婚し、父親は遠くに去り、母親は別の男と暮らしはじめた。家に居づらくて、鮫島は町を徘徊した。ある日の夕暮れ、学校に滅多に来ない不良の級友とばったり出会い、声をかけられた。

——百円貸してくれや。

百円くらいならと思い、差し出した。次に会うと三百円を要求され、五百円、千円と額が上がった。断ろうとすると、何をするかわからない凶暴な目でにらまれた。

顔を合わさないようにとうろつき先を変えたが、級友はまるで鮫島の考えを先読みするように待ち伏せていた。

カネをたかられる自分は弱い。どうにかならないかと思っていたとき、パチンコ店の前でまたも級友と出くわした。派手なアロハ姿で、いっぱしのヤクザのように見えた。

——ええとこで会《お》うたわ。ちょっとカネ貸してくれや。

言われるままに財布を取り出したとき、パチンコ店の扉が開いて、本物のヤクザが出てきた。級友を見ると、「おまえ、何してんねん」と鋭い目でにらみつけた。

——いえ、別に。

級友は肩をすくめるようにして言い、財布を持った鮫島に、「早《は》よしまえ」と、小声で命じた。

——しょうもないことしたら、あかんぞ。

——わかってます。

級友は気をつけのまま言い、鮫島に「あっち行け」と、手の甲で追い払うようにした。

それ以来、級友は鮫島につきまとわなくなった。つまりは力関係ということだ。強い者でもさらに強い者にはへつらう。それなら自分が強くなればいいのだ。

高校受験が近づいたとき、母方の祖父母が見かねて鮫島を引き取ってくれた。鮫島は強くなるため、懸命に勉強に励んだ。高校は地元の進学校に進み、クラブでサッカーも続けた。人生で勝利をつかむためには、力をつけてのし上がればいい。高校二年生のときに、マキャベリを読んで、目的のためには手段は正当化されることを学んだ。それが鮫島の指針となった。

駐車場に停めた課長用のセダンを見て、鮫島は思う。

今ならどんな不良に絡まれても、恐れることはない。

16　キー・オピニオン・リーダー

池野が運転する車が、泉州医科大学の駐車場に着いたのは、午後四時すぎだった。晩秋のひんやりした風が、アスファルトの枯れ葉を掃くように転がしていく。

後部座席から降りた田野保夫《たのやすお》が、八階建ての大学病院を見て甲高い声をあげた。

「なかなか立派な病院じゃないか」

天保薬品の大阪支店長でありながら、泉州医科大学に来るのがはじめてなのかと、紀尾中はあきれた。

田野が学長の乾に挨拶をしたいと言いだしたのは、つい二日前のことだ。今回は重要なプレゼンだから、できればまたの機会にとやんわり断ったが、田野は、「だからこそ挨拶しておきたいんだよ」と強引に押しもどした。そのことを伝えると、池野は、「ゲッ」と声に出してうめいた。

「田野さんが同席するんですか。大丈夫かな。いやな予感がするな」

近畿ブロックの営業所を管轄する大阪支店長は、紀尾中の直属の上司に当たる。

「このタイミングで首を突っ込んでくるということは、バスター5のプロモーションに、自分も関わっているとアピールしたいからでしょうね。まさか手柄を横取りするつもりじゃないだろうな」

池野と同じ懸念を紀尾中も抱いたが、それより前に、今回の池野のプレゼンを台無しにされないかどうかのほうが不安だった。

田野は紀尾中の四年先輩で、現在五十歳。なで肩で、男性には珍しい洋ナシ型の肥満体だ。これまでいっしょに働いたことはないが、噂によれば、〝目が上向きにしかついていないヒラメ〟のような男とのことだった。

〝MRの掟〟に従い、池野が車を駐車場の端に停めたので、病院の玄関まではかなり歩かなければならない。約束は午後四時半だから、時間的にはまだ余裕がある。それでも田野は早足で歩きながら、大柄な身体に似合わないせせこましい口調で紀尾中に聞いた。

「で、今のところ、ガイドライン収載への見通しはどうなんだ」

「それはまだ何とも」

「収載と言っても、もちろん第一選択のAグレードを狙っているんだろうな」

ガイドラインには、それぞれの治療法に推奨度のグレードがつけられている。判定の基準はおよそ次の五段階だ。

A：強く勧められる（レベルⅠの結果、または複数のⅡ～Ⅳの結果）。
B：勧められる（レベルⅡ～Ⅳの結果、および専門家の意見の一致）。
C1：考慮してもよいが、十分な科学的根拠がない。
C2：科学的根拠がないので、勧められない。
D：行わないよう勧められる。

レベルⅠ～Ⅳというのは、エビデンスの格付けで、数字が小さいほど信頼性が高い。

紀尾中が田野に自覚を促すように言い足した。

「今日の池野のプレゼンを、乾先生がどう判定されるかが重要なポイントになりますので、よろしくお願いいたします」

大学病院に向かう途中の車内で、田野は乾についてあやふやなことを言った。

「乾学長は、何とかっていう物質を発見したんだったたな」

紀尾中は思わず目を剝いた。これから挨拶に行くのに、大御所のいちばんの業績を忘れたりしたら取り返しがつかない。

「イデポチンです。脂肪細胞から分泌されるホルモンで、脂肪酸の燃焼を促進して、動脈硬化を予防する効果があります。ノーベル賞級の発見で、毎年、賞の発表時期になると、乾先生のご自宅に新聞記者が張り込むくらいです」

「そんなえらい先生にお目にかかるのかと思うと、緊張するよ。ハハハ」

車が着くまでに、紀尾中は乾の経歴を、阪都大学時代から現在の社会活動まで、レクチャーした。

「つまり、KOL《コル》の中のKOLです」

KOLとは「キー・オピニオン・リーダー」。その専門領域で強い影響力を持つ医師のことである。

病院の玄関を通ったのは午後四時十分だった。乾の部屋に行くにはまだ早すぎる。

「ちょっとロビーで待ちましょう」

紀尾中が壁際の長椅子に田野を誘導した。

「乾学長は相当な気分屋らしいな。今日のご機嫌はどうだろうか。ご機嫌斜めだったらまずいな」

田野が心配しても仕方のないことで不安を募らせる。こんなに小心でよく支店長まで出世できたものだと紀尾中は訝るが、田野は京洛大学の経済学部出身で、社内の京洛派閥にうまく取り入り出世したのだろう。

「今日のプレゼンで、ガイドライン収載の手応えが得られるといいんだがな。そうしたら、五十川《いそかわ》部長にもいい報告ができる。池野君、君の責任は重いぞ」

「はあ」

曖昧な返事をしつつ、池野は紀尾中に含みのある目を向ける。五十川和彦《かずひこ》は、本社の総務部長で、本来、営業部とは関わりがない。にもかかわらず、田野が五十川の名前を出すのは、自分が五十川ファミリーの一員だからだ。

五十川は紀尾中の十期上で、元々はMRだが、途中から本社勤務となり、幹部に取り入ってさまざまな改革を成し遂げた。海外部門でも実績を挙げ、将来は社長候補と目されるキレ者だ。性格は冷酷かつ狡猾で、取り巻き連中でさえビクついているという噂だ。

紀尾中はその五十川に嫌われていた。元々は評価してくれていたようだが、あることがきっかけで態度が変わった。何年か前の新年会で、取り巻き連中が五十川の横に行かないかと誘いにきたとき、紀尾中が軽く手を振って断ったのだ。それを見ていた五十川の表情が強張った。五十川を軽んじたわけではない。こちらで話がはずんでいたから、動きたくなかっただけだ。それを根に持っているとすれば、小物もいいところだ。

二人の反目が決定的になったのは、今、薬害裁判で争われているイーリアの添付文書で、五十川が主張している内容に、紀尾中が公然と異を唱えたからだ。五十川の主張は、イーリアの売り上げを伸ばすために、劇症肝炎の副作用を格下げにするものだった。その話を聞きつけた紀尾中は、逆に格上げにすべきだと主張して、社長に直訴した。検討の結果、五十川の意見が通ったが、それ以後、五十川は紀尾中を目の敵《かたき》にするようになった。

田野にとって、五十川は自分の出世に関わる有力なボスだから、これまで涙ぐましいほどの忠誠ぶりを発揮していた。今日の田野の最大の関心事は、ただただ五十川にいい報告ができるかどうかのみのようだった。

「ガイドラインの改訂は、乾学長の鶴の一声で決まったりするんだろうか。それなら、学長がどれくらいの腹づもりでいるのか探る必要があるな。そもそもガイドラインは……」

「田野支店長。あらかじめ申し上げておきますが」と、紀尾中が遮った。「乾先生の前ではガイドラインのガの字も出さないよう、くれぐれもお願いいたします」

「どうしてだ」

「乾先生は立場上、公平を期してMRとのやり取りではガイドラインについていっさい触れないと決めておられるようなのです。噂では、某社のMRがガイドラインへの収載を頼んだとたん、不機嫌になってそのまま口を開かなくなったため、MRは恐縮して退散せざるを得なくなったということです」

「なるほど。余計なことは言わないにかぎるな」

「よろしくお願いいたします」

ほんとうはひとこともしゃべってほしくなかったが、さすがにそこまでは言えなかった。

「そろそろ行きましょうか」

池野が腰を上げ、紀尾中と田野も続いた。

学長室の扉の前で時間をたしかめ、四時半ちょうどに紀尾中がノックをした。

「どうぞ」

か細くしゃがれた声の応答があり、紀尾中が先頭で学長室に入った。

重厚な机の向こうから出てきた乾は、銀縁の老眼鏡をかけ、糊《のり》のきいた白衣に地味なネクタイをしめ、骨格がわかるほどやせていた。紀尾中が一礼して田野を紹介する。

「本日は、弊社の大阪支店長、田野を同行して参りました」

田野は奉るようにして名刺を差し出し、揉み手をせんばかりにしゃべりだした。

「ご高名な乾学長にお目にかかり、誠に光栄に存じます。先生の卓越したご研究につきましては、私どももかねてから注目しておる次第でございます。特に脂肪代謝に重要な関わりを持つイデポチンは、まさに世紀の大発見として、ノーベル賞も確実とうかがっております。さらには厚労省の審査会や協議会でご活躍され、誠に頭が下がる思いでございます」

さすがは元MRだけあって、さっきレクチャーした内容を滞りなくまくしたてるが、乾が中身のないお世辞を喜ばないのは明らかだ。わずかな言葉の切れ目を捉えて、乾は「まあ、そちらにお掛けください」と、応接セットを勧めた。

「これは恐れ入ります。さ、君たちも座らせてもらったらどうかね。そんなところに突っ立ってないで」

あんたがしゃべるから座れなかったんだろうと思うが、紀尾中は顔に出さず腰を下ろす。そして間を置かずに乾に言った。

「本日は、新堺医療センターをはじめとする、六つの施設で実施いたしました臨床試験の集計結果を、ご報告に参りました」

「例のバスター5の件だね」

「さようでございます」

田野が横から相槌を打つ。乾はそれを無視して、紀尾中に重々しい調子で語りだした。

「高脂血症の治療は、昨今、ますます重要性を増している。内臓脂肪の蓄積は動脈硬化を引き起こし、心筋梗塞、脳梗塞の原因となる。動脈硬化が進んでから治療をはじめても、重症疾患を食い止めることはむずかしい」

「そのため、メタボリック症候群を早期発見することが重要となるわけですね」

紀尾中が言うと、田野もすかさず続いた。

「厚労省が推進している〝メタボ健診〟でございますね」

「『特定健康診査および特定保健指導』だよ。専門用語は正確に使いたまえ」

乾に指摘され、田野は縮み上がる。

話が一段落したところで、紀尾中が改めて言った。

「よろしければ、臨床試験の結果について報告させていただきます。報告は池野が担当いたします」

池野は手早く報告書のコピーを乾に差し出した。緊張の面持ちで説明をはじめる。

「臨床試験の概要は、《フェミルマブ》、商品名バスター5における、高脂血症患者の動脈硬化の抑制効果の比較検討であります。実施施設は、新堺医療センター、泉北中央病院、グラーベン総合病院、関空医療センター、与謝野《よさの》記念病院、聖テモテ病院の六施設で、第Ⅲ相一般臨床試験の成績を集計し、検討いたしました。対象は高脂血症患者四三六例で、有効性解析対象は四一八例、安全性解析対象は四一〇例であります」

商品名のバスター5で報告することも可能だったが、紀尾中は敢えて一般名のフェミルマブを使うよう池野に指示した。そのほうが学究肌の乾には効果的だからだ。

「投与方法は、フェミルマブ10㎎を一日三錠、三二週から四〇週、経口投与いたしました。

動脈硬化の抑制効果につきましては、動脈の弾力性保持作用の指標として、非侵襲的なPWV（脈波伝播速度）、および頸動脈の超音波診断を用いております。各施設における患者数と、年齢、性別、体重および合併症の有無等は、表1に示した通りでございます」

池野がコピーから顔を上げ、乾のようすを確かめる。軽くうなずくのを見て、説明を再開する。

「結果は次のページの表2および図1から6をご覧ください。PWVの変化値から求めた回帰係数は、コントロール群を下まわる低い勾配で推移し、試験終了時には、六施設とも、p値（有意確率）五パーセント未満で有意差を生じております。これはフェミルマブによる血管内皮へのコレステロールの取り込みが阻害されたことによる効果だと推察できます」

表にはそっけない数字が並び、図は微妙な折れ線だけだが、専門家の乾にはすぐその意味がわかるだろう。それでも池野は急がない。これがプレゼンのキモなのだ。

「よろしいでしょうか」

乾がふたたび軽くうなずいたのを見て、池野は次へ進んだ。

「頸動脈の超音波診断の結果ですが、評価項目としては、mean IMT（平均内中膜肥厚）とmax IMT（最大内中膜肥厚）の短軸および長軸の二方向での測定、ならびに最大厚1・5㎜を超えるプラーク（粥状《じゅくじょう》変化）の有無、および、短軸断面でのプラークの占有率を用いています。結果は表3から6をご覧いただけますでしょうか」

乾がコピーのページを繰って、表に目を通す。紀尾中も同じくページを繰って、表と乾の両方に注意を向けているが、田野は明らかに内容を把握できないようすだ。

「ご覧の通り、各施設ともコントロール群に比べ、平均と最大の両方で内中膜肥厚が抑えられ、プラークの出現率ならびに占有率ともに、有意に低くなっております」

これがフェミルマブ、すなわちバスター5の効果である。

「安全性に関しましては、副作用の発現頻度は、六施設の合計で四三六例中、一三例で2・98パーセント。内容は胃部不快感が五例、下肢のむくみ、全身倦怠感、口渇が各二例、頭痛および下痢が各一例でございます。本試験において、入院加療を必要とする重篤な有害事象は認められておりません」

乾が大きくうなずく。

最後にまとめとして、池野はアポBレセプターを阻害するバスター5の画期的な作用機序を要約して、集計結果の報告を終えた。

申し分のないプレゼンだった。池野も手応えを感じているのだろう。さすがに田野も場をわきまえて、余計な口をはさまない。

「報告は以上です。何かご質問はございますでしょうか」

池野の問いに、乾が今一度、コピーをめくる。老眼鏡の奥で、目を細めながら訊ねた。

「生体内で形成されるリポタンパクは、多成分集合体だが、アポBが動脈硬化の脂質危険因子として働くメカニズムは、どう考えているのかね」

池野はあらかじめ用意していたように、よどみなく答えた。

「アポBは、細胞表面のLDLレセプターや、ヘパラン硫酸プロテオグリカンなどに結合し、リポタンパクの細胞内への取り込みを促進します。マクロファージによるリポタンパクの捕食にも関わりますので、アポBレセプターを阻害することで、動脈内皮のアテローム性変化が抑制されるものと考えられます」

「フェミルマブは、冠動脈や脳血管の動脈硬化を抑制するという触れ込みだが、評価項目として、頸動脈の超音波診断を使用したのでは、直接の評価は下せないのではないかね」

「アポBレセプターは、冠動脈と脳血管同様、頸動脈の内皮細胞にも存在いたします。よって、頸動脈での評価は心臓および脳の血管での評価につながると考えられます」

「うむ」

乾が再度うなずき、コピーをテーブルに置いた。

「たいへんけっこうです。この集計は阪都大のだれかに頼んで、メタ分析のペーパー（論文）にしてもらえばいい」

その言葉に池野が即座に反応し、身を乗り出す。

「ありがとうございます」

紀尾中も思わず拳を握りしめる。意味を理解しない田野の両側で、池野と二人、会心の笑みを交わした。

「今日はこれで失礼いたします。お忙しいところ、お時間をいただきまして、誠にありがとうございました」

紀尾中が立ち上がり、池野もそれに続く。田野はわけがわからないという顔で、学長室をあとにした。

「やりましたね。所長」

病院の玄関を出るやいなや、池野がガッツポーズを決めた。

田野が戸惑いの表情で聞く。

「紀尾中君。いったいどういうことなのかね」

「メタ分析ですよ。レベルⅠのエビデンスです」

そこまで言っても、まだ田野はピンと来ないようすだ。

メタ分析とは、複数の研究データを統合的に解析するもので、エビデンスの最高レベルと判定される。ガイドラインの推奨グレードで、もっとも重視されるものだ。

「つまり、Ａグレードの内定みたいなものですよ、もちろん第一選択の」

池野が焦れったさを隠さず言う。

「そうなのか。乾学長は融通の利かない堅物だと思っていたが、専門分野では公平な判断を下すようだな」

田野は自分にいい印象を持たなかっただろう乾に反感を抱いていたようだが、さすがにこの判定は嬉しいのだろう。

「ようし、さっそく五十川部長に報告しよう。ガイドライン収載は決まったも同然だとな」

テンションを上げる田野を、紀尾中は慌てて制した。

「メタ分析の件は、まだ他言無用に願います。正式に決まったわけではありませんし、乾先生の意向が洩れたら、ほかの合同研究班のメンバーが反発する危険性もあります」

「社内で共有するのもだめなのか。五十川部長は今日の結果を楽しみにしているんだぞ」

「感触くらいは伝えていただいてもけっこうですが、メタ分析の話が出たことは、まだご内密に願います」

強く釘を刺しながら、不満そうな田野を見て、紀尾中はふと思った。田野を今日のプレゼンに同行させたのは、五十川の差し金だったのではないか、と。

17 妨害工作

堺の営業所を出て、安井《やすい》町の交差点から阪神高速の堺線に乗る。時刻は午前七時十分。土曜日の朝は空いていると思ったのに、住之江《すみのえ》あたりで工事をしているらしく、二車線とものろのろ運転だった。それでも時間的にはまだ余裕がある。ハンドルを握る市橋は、いつもの小型車ではなく、チーフ用のセダンなので、車内の広さを感じていた。それでもさすがに五人乗ればアクセルが重い。

助手席の山田麻弥が、「右車線のほうが早いわよ」と早くも苛立ちはじめ、後部座席を振り向いて不満そのものという声を出した。

「今日の学術セミナー、タウロス・ジャパンも共催になったって、どういうことですか」

後部座席の右側に座った池野が、渋々という調子で答える。

「代謝内科医会の幹事会で決まったことだから、仕方ないだろ」

この日、大阪代謝内科医会が主催する学術セミナーが、終日の予定で開かれることになっていた。会場は中之島にあるグランキューブ大阪。元々は天保薬品一社の共催の予定だったが、今週になって、突然、タウロス・ジャパンも共催に加わるという連絡が入ったのだった。

車が詰まりかけてきたのをにらみながら、山田麻弥がフロントガラスに怒りをぶつけた。

「うちは前から所長や本社の営業部長が根まわししていたんでしょう。会場の選定やらプログラムの作成やら、面倒なことを全部うちがやったのに、最後になって、金だけ出すから共催に加わらせてくれなんて、割り込みじゃないですか」

「たしかにな」

池野が同意する。

「幹事会で決まったって言うけど、共催はうちだけというのが暗黙の了解だったんでしょう。どうして最後にひっくり返るんです」

後ろの真ん中に座った野々村が、これに答えた。

「北摂大の八神先生が急に言いだしたらしい。一社だけに共催させるのは、不公平と見られる恐れがあるとか言って」

「そんなの、はじめからわかってることじゃないですか。今回のセミナーは、バスター5のガイドライン収載に向けて、多くの先生方に印象づけることが目的ですよね。だからこそ、何もかもうちでと、前々から準備してきたんじゃないですか。八神先生だって承知のはずです。どうして急にそんな建前みたいなことを言いだしたんですか」

後部座席の左側に座っている牧が静かに言った。

「毎報新聞の記者に聞いたのだけれど、タウロス・ジャパンの営業課が八神先生に接近しているようですよ」

「鮫島か。あいつのやりそうなことだな」

池野が眉間に皺を寄せて舌打ちをする。鮫島のことは市橋も聞いていた。紀尾中の学生時代からの知り合いで、因縁のある相手らしい。

野々村が露骨に嫌悪感を表した。

「北摂大の八神先生は、ほんとにイヤな野郎だよ。ディテーラの論文ねつ造事件でいつまでもテレビに出て、チヤホヤされるのが大好きって顔をしてるじゃないか」

山田麻弥も続く。

「ネットの画像を見ても、変な襟の白衣を着て、えらそうに写ってる写真ばっかりですもんね。メタボリック症候群の専門家のくせに、ブルドッグみたいに頬が垂れて、陰険な目つきで、裏で悪いことしてる政治家と同じ顔をしてますよ」

悪口で盛り上がるのを好まない牧が、話題を変えるように言った。

「そこへいくと、泉州医科大学の乾学長はいかにも公平無私な人格者という感じですね。学会での影響力も大きいし、我々には頼もしい味方です」

紀尾中と池野がこの前の訪問で、乾からメタ分析を勧められた朗報は、箝口令《かんこうれい》つきではあるが営業所内で共有された。

「ところで、今回の学術セミナーに、うちはいくらぐらい出してるんですか」

市橋が池野に訊ねた。

「一千四百万程度だ」

「タウロス・ジャパンは？」

「似たようなもんじゃないか」

「でも、うちからの予算で足りてるんじゃないですか」

「だと思うが、会場やら何やらをグレードアップしたみたいだからな。残った分は代謝内科医会にまわるんじゃないか」

答えてから、池野は腑に落ちないようにつぶやく。

「しかし、今日のセミナーは、バスター5のオンステージみたいなもんだろ。今さら共催に加わったところで、グリンガの講演をねじ込めるわけでもないのにな」

「何か企んでるんでしょう。でなきゃ金は出しませんよ」

野々村が即応する。

「何かって、何だ」

「それは――、こっちの講演を妨害するとか」

「どうやって」

野々村が答えに窮すると、代わりに牧が答えた。

「偵察じゃないですか。バスター5の弱点を探るとか」

「それなら金を出さなくても、顔の割れていない社員をもぐり込ませればいいだろ。それともバレたらヤバイから、共催に加わって堂々と情報集めをするのか。鮫島はそんな正攻法をするヤツじゃないぞ」

池野が自問自答すると、助手席から山田麻弥が声をあげた。

「参加しているドクターを丸め込んで、講演で卑劣な質問をして、バスター5を貶《おとし》めるつもりじゃないですか」

「どうだろう」

池野は納得しないようだった。

住之江の工事現場をすぎると、車の流れはスムーズになり、土佐堀《とさぼり》の出口を降りたのは午前七時三十五分だった。ここからグランキューブ大阪までは十分ほどだ。駐車場に車を停め、五人はイザ出陣という雰囲気で、会場に向かった。

＊

紀尾中は集合時間の三十分前に会場入りして、準備に怠りはないか最終チェックに余念がなかった。講演を行うホール、ポスターの展示や書籍販売を行うホワイエ、受付や講演者控室など、前日の夜までかかった準備に不備はないか、念には念を入れて見てまわる。

年二回開かれる大阪代謝内科医会の学術セミナーには、大阪だけでなく京阪神地区から専門医たちが集まる。今回、天保薬品が一社で共催を請け負うまでには、本社の営業部長をはじめ、常務の栗林にも同行してもらい、紀尾中が根まわしに奔走した。バスター5の画期的な作用機序を説明して、幹事たちの理解を得てきた。ところが、今週の月曜になって、急遽、会長の岡部からタウロス・ジャパンも共催に加えることにしたと連絡があったのだ。北摂大の八神の横やりが入ったことは、そのときに聞いた。岡部と八神の確執は、むろん紀尾中も知っている。五年前、アメリカから帰国した八神が、教授選で岡部に敗れたのだ。八神はことあるごとにいやがらせを繰り返しているが、気の弱い岡部は面と向かって抵抗できないのだった。

集合時間の午前八時になる前に、営業所の所員たちが会場に到着した。

「所長。おはようございます」

池野がエレベーターから小走りに近づき、チームの四人も追いかけるように来る。肥後、殿村のチームも揃ったところで、紀尾中は全員を受付前に集めた。

「今日はみんな、よろしく頼む。バスター5のガイドライン収載に向けて、有利な状況を維持するためにもミスは許されない。抜かりはないと思うが、突発事や想定外の事態も考えられるから、全員、気を引き締めて、それぞれの持ち場を担当してほしい。以上」

MRたちは一礼し、機敏な動作で散っていった。

紀尾中は三人のチーフMRを呼び、スケジュールの再確認をした。セミナーの開始は午前十時で、受付開始は午前九時。午前中の第一部は新堺医療センターの竹上《たけがみ》医師による講演。昼食のあと、午後の第二部は豊中薬科大学の林《はやし》研究員と、阪都大学代謝内科の堂之上《どうのうえ》講師の講演で、終了予定は午後四時。それぞれの講演内容に抜けや重複はないか、最終チェックを要請する。

「事前の参加申し込みでは、医師が百八十名、看護師が七十六名、薬剤師が四十二名で、総勢二百九十八名だ。多少欠席もあるだろうが、混乱が起こらないよう、誘導と案内には万全を期してくれ」

打ち合わせを続けていると、エレベーターが開き、スーツ姿の男が十人ほど出てきた。受付開始までには時間があるのにと思って見ると、先頭に見たくもない顔があった。

「いよう、紀尾中。一月の学術フォーラム以来だな」

鮫島がことさら笑顔を浮かべて近づいてくる。

「今回の学術セミナーでは、急遽、共催に加わらせてもらったが、ぎりぎりの参加でほんと申し訳ない」

形ばかり頭を下げるが、三白眼は笑っている。後ろには佐々木というキツネ目のチーフMRのほか、若手のMRが控えていた。

「うちもこれだけのメンバーを連れて来たから、用事があれば何なりと言いつけてくれ」

「準備は抜かりなくやっているから、お気遣いなく」

だれが仕事などさせてやるかと返すと、鮫島は思わせぶりに唇を歪めた。

「しかし、思いがけない事態も起こり得るだろう。そんなときにはうちの者が役に立つかもしれんぜ」

何のことだと問い返す間もなく、鮫島は背を向け、部下のMRたちに会場を見てまわれと命じた。

横にいた肥後が、眉間に険を浮かべて言った。

「何や、あいつ。気色の悪い白目を剝いて、ヘビみたいなヤツやな」

「肥後さん。ヘビに白目はありませんよ」

殿村が訂正すると、池野が紀尾中に声をひそめて聞いた。

「何か企んでるんでしょうか」

「わからん。とにかく何が起こっても、うちは全力でカバーするしかない」

受付開始の時間になり、ぼつぼつと参加者が集まりはじめた。

午前九時十五分。泉州医科大学の乾がやって来た。秘書も連れずにやって来るのは、権威をひけらかさない乾らしい。紀尾中がいち早く近づき、受付まで案内する。

「先日は貴重なお時間をいただき、誠にありがとうございました」

「この前の集計、ペーパーはだれかに頼んだの？」

「岡部先生のところの守谷《もりや》准教授にお願いしました。今日もいらっしゃるはずです」

「守谷君なら研究者としても実績があるから、いいんじゃないか」

乾の好印象は変わっていないようだ。ホワイエのポスター展示を見るという乾と別れ、紀尾中はふたたびエレベーターホールに立った。池野も何人かを案内したようだが、合間を縫って、鮫島と佐々木も参加者に近づき、存在をアピールしている。

しばらくすると、阪都大学の岡部が姿を現した。ここはタイミングを逃すわけにはいかない。紀尾中が気迫の一歩を踏み出し、早足で近づいた。

「岡部先生。ようこそお出でくださいました。本日はどうぞよろしくお願いいたします」

笑顔でお辞儀をすると、タウロス・ジャパンの件で恐縮しているらしい岡部は、教授らしくもなく腰を折った。

「今回のことは誠に申し訳ない。私としても、なんとか天保薬品さんの単独共催でと思ったんだが」

「どうぞお気遣いなく。事情は重々承知しておりますので」

岡部が悪いのではないと暗に仄めかし、笑顔で応じる。貸しを作るにはそのほうがいい。

岡部が去ると、阪都大学の堂之上がやってきた。

「堂之上先生。ご講演は第二部のトリですのに、早々のお越しですね」

「岡部先生が朝からいらっしゃるのに、私が午後から来るわけにはいきませんよ」

彼は代謝内科の講師で、ボスである岡部の手前、セミナーの開始前から駆けつけたのだろう。医学部の白い巨塔では、今も厳しい序列が幅を利かせているようだ。

「岡部先生はもういらしてる？　じゃあ失礼」

堂之上はさっそく忠誠心を発揮して、そそくさと岡部のあとを追った。

何人かの医師を出迎えたころ、北摂大学の八神が取り巻きを従えて姿を現した。

鮫島がここだけははずせないという勢いで歩み寄る。

「これはこれは八神先生。お待ちしておりました」

素早く鞄を受け取り、歩きながら八神の耳元で何やらささやく。八神も意味ありげにうなずく。紀尾中を意識した、いやらしいパフォーマンスだ。

「八神先生に何か頼んでるんでしょうか」

鮫島を目で追っていた池野が、不安げにつぶやいた。

「さあな」

紀尾中にも予測はつかない。

そろそろ開始時刻が近づき、紀尾中は遅れてくる参加者の出迎えを池野に任せて、特別会議場に向かった。

18　厚労省の監視モニター

　定員四百十四人の特別会議場は、七割方参加者で埋まっていた。

　舞台では岡部が開会の挨拶をはじめた。小柄でやせている岡部は、地味な灰色のスーツとも相まって、いかにも貧相に見える。だれかアドバイスする者はいないのかと紀尾中は思うが、見てくれより実績が大事なのだろう。挨拶も決して歯切れはよくなかったが、客席からはそれなりの拍手があった。

　池野が後ろの扉から入ってきて、紀尾中の背後に屈み、声をひそめた。

「京洛大学病院の薬剤師が来たんですが、参加者名簿に名前がありません」

「急な参加ということか」

「みたいなんですが、何か引っかかります」

「何かって」

「雰囲気とか、目配りとか。ちょっと気になるので、今、調べさせています」

「わかった」

池野はそのまま腰を屈めて出て行った。

岡部は舞台の右にしつらえた座長席に移動し、第一部の講演がはじまった。演者は新堺医療センターの竹上医師。演題は「高脂血症患者の頸動脈におけるフェミルマブの動脈硬化抑制について」。

竹上の講演はバスター5の効果を鮮明に打ち出し、新堺医療センターのみならず、南大阪地区の計六施設で同様の結果が出ていることをつけ加えたものだった。

講演が終わると、岡部が感想を述べ、会場から質問を募った。紀尾中は緊張したが、おかしな雰囲気はなく、いくつか出された質問も、バスター5に好意的なものはあれ、評価を貶めるようなものはなかった。午前の講演は問題なく終わったと言ってよかった。

「まずは第一関門突破ですね」

途中からとなりに座っていた池野が、肩の力を抜くように言った。紀尾中はホールを出て、座長を務めた岡部に礼を述べた。続いて講演者控室に向かい、講演を終えたばかりの竹上にねぎらいの言葉をかけた。

「素晴らしい講演でした。会場の先生方も大いに納得されたんじゃないでしょうか」

「薬そのものがいいんだから、僕はそれを話したまでだよ」

「恐れ入ります。今、お弁当とお茶をご用意いたしますので」

紀尾中が壁際のテーブルに置いた弁当と、ペットボトルの茶を持ってくる。竹上が右手を上げて恐縮する。

「このごろはMRさんもやりにくいんじゃないの。弁当も上限は決められているみたいだし、参加者の数と突き合わせて、残った分は回収しなければいけないんだろ」

「せめて今回のような講演会では、上限を変えられればいいんですが、そうもいかなくて」

天保薬品では自主規制で、弁当の上限は二千円、講演料は十万円と決められている。タレントや文化人の講演料が数十万円から百万円を超える現実がある一方で、患者の治療に役立つオピニオンリーダーの講演が十万円というのは、明らかにおかしい。

そこへ阪都大学の准教授、守谷誠《まこと》が入ってきて、後輩の竹上に声をかけた。

「竹上君の講演はよかったよ。僕は今、バスター5の治験をメタ分析の論文にまとめる作業をしていてね。こちらの天保薬品さんのご依頼で」

「恐れ入ります。先生もお弁当いかがですか」

紀尾中が壁際に立とうとすると、守谷がそれを制して言った。

「僕は講演者じゃないんだから、気持だけいただいておく」

さすがは乾と岡部の薫陶を受けただけあって、きっちりしている。守谷は学界でも信頼度は高く、その論文も重みを持つだろう。紀尾中は守谷のメタ分析の論文に期待しつつ、話し込みはじめた二人に遠慮して控室を出た。

出たところで池野が待ちかねたようすで立っていた。

「さっきの薬剤師の件、わかりました。厚労省の委託を受けた監視モニターですよ」

厚労省の監視モニターは、コンプライアンス違反をチェックするために、学会やセミナーに送り込まれる調査員である。違反があれば、即、厚労省に報告され、その程度によって業務改善命令、期限つきの業務停止命令などの行政処分が科せられる。

「監視モニターというのはたしかか」

「まちがいありません。肥後さんが京洛大学病院の別の薬剤師から聞き出したんですから」

そこへ肥後がふらりと近づいてきた。

「厄介なことになりましたな」

さすがにふだんの軽い調子もなりをひそめている。

「今の竹上先生の講演には問題はなかったと思うが、午後の二題は大丈夫だろうな」

セミナーでのコンプライアンスには、製薬会社だけでなく、講演者も従わなければならない。添付文書に記載された効果以外に触れたり、海外の論文で紹介されている内容に言及したりすることは禁じられている。信頼性に欠けるデータの使用や、誇大な表現、他社製品との比較などもＮＧだ。

　コンプライアンス関係を担当している池野が答える。

「講演者の先生からは、事前に原稿とパワーポイントの画像を送ってもらってチェックしています。午後の両先生も問題となるような箇所はないはずです」

「念のため、もう一度、確認してくれ。もしも微妙なところがあったら、演者に頼んで安全な表現に変えてもらうんだ」

「了解」

　二人がスタッフの控室に消えたあと、紀尾中は殿村を呼んで確かめた。

「君も事前にチェックしてくれたのか」

「はい。三題とも確認しています。原稿も画像もいずれも問題ありませんでした」

　こういうときの殿村は信用できる。チェックには時間がかかるが、画像の細部まで一度で記憶する殿村は、原稿も一字一句見逃さない。

　これだけ厳重にしていれば、監視モニターがいても大丈夫だろう。そう思っていると、山田麻弥がホワイエのほうから小走りに近づいてきた。

「所長。ちょっと来てください」

「どうした」

「書籍販売で八神先生がもめてるんです」

面倒な予感がよぎり、とにかくホワイエに向かった。学会やセミナーでは、最寄りの書店に頼んで、関連書籍の販売をしてもらうことが多い。

急ぎ足で歩きながら、山田麻弥の報告を聞く。

「昼食のあと、八神先生が書籍販売のコーナーに来て、テーブルの向きが悪いと言いだしたんです。ロビーのほうに向けないと参加者にわからんだろうとおっしゃって。どうやら、ご自分の著書が目立たないところに置かれていたのがお気に召さなかったようです。例のディテーラ論文がらみの本で、学術書でもないので当然だと思うんですが、本を並べた市橋君に激怒して、すぐ並べ替えろとおっしゃったんです」

「しかし、あそこは壁が湾曲しているから、ロビーに向けると長テーブルは斜めになるだろ」

「そうなんですよ。だけど、言っても聞かないので、わたしと市橋君とで回転させたら、八神先生がこんな不細工な置き方でいいと思っているのか、元にもどせって怒鳴って、市橋君が小さい声で、えーって言ったのが聞こえちゃったんです。おまえ、オレを誰だと思ってるんだって、市橋君に詰め寄ってすごんでるんです」

たしかに、八神はホワイエで仁王立ちになっている。市橋は戦争捕虜のようにうなだれ、出張販売の書店員も慣れない状況に戸惑っているようすだ。

紀尾中は腰を折りながら八神に近づいて、立ち止まるや両手を揃えて最敬礼した。

「八神先生。たいへん失礼いたしました。誠に申し訳ございません」

「君が天保薬品の責任者か。部下にどんな教育をしてるんだ」

八神は肥満体の腹を突き出し、たるんだ頬を震わせた。

「今回のセミナーには、オレの本を買いたいって人もたくさん来てるんだ。それがなんだ。こんな隅っこのテーブルで、しかもオレの本を端に置きやがって、いやがらせか」

「めっそうもない。先生にはご不快な思いをさせてしまい、お詫びの言葉もありません」

医者を怒らせたら、とにかく謝るしかない。しかも、相手はＫＯＬの一人だ。落ち度があるかないかは関係ない。後ろで市橋と山田麻弥も気をつけの姿勢で頭を下げる。

「だいたい、このショボいテーブルはなんだ。オレは希望者にはサインをしてやるつもりで、筆ペンまで用意してきてるのに、座る場所さえないじゃないか」

「申し訳ございません。さっそく手配いたしますので」

言いかけると、後ろから調子のいいだみ声が聞こえた。

「八神先生。どうぞこちらへ。先生のご著書販売の特設コーナーをご用意いたしました」

鮫島だ。

「八神先生をご案内して」

命じられた若いMRを見て、市橋が「あっ」と声をあげた。

「どうした」

「あいつ、世良ですよ。前に朝倉製薬にいた」

紀尾中はすぐに思い当たった。野球道具を寄贈したり、風俗ネタで院長を脅したりして、コンプライアンス違反をした男だ。朝倉製薬をやめたあと、タウロス・ジャパンに再就職したようだ。

「どうぞこちらに。座り心地のよい椅子もご用意しております。書店員さん。八神先生のご著書を全部、運んでください」

世良は猫なで声で言い、八神を案内する直前、市橋に嘲《あざけ》るような嗤いを見せた。

受付の横に肘掛け椅子が用意され、鮫島が早くもロビーにいる参加者に呼びかけた。

「ただ今、八神先生のご著書、『ディテーラ論文ねつ造事件　衝撃の真相』を販売しております。今でしたら先生にサインをしていただけます。この機会をどうぞお見逃しなく」

さっそく何人かがテーブルの前に並びはじめる。タウロス・ジャパンのMRがほとんどだ。中には買った本を鞄にしまい、ふたたび列に並ぶ者もいる。サインをする八神はまるで流行作家気取りだ。

「何なんですか、あれは。浅ましいったらないですね」

いつの間にかようすを見に来た池野が小声で吐き捨てた。

「しかし、医者をええ気分にさせるテクニックは見習わんといかんな。太鼓持ち作戦や」

肥後も後ろに立ち、もっともらしくうなずく。紀尾中が二人に訊ねた。

「講演のチェックはどうだった」

「林先生のは問題はおませんでした。アポBレセプターの話ばっかりで、バスター5にはほとんど触れてませんけど」

「堂之上先生のスライドと原稿にも、問題になるような箇所はありませんでした」

「よし。じゃあ、ホールに行こうか」

紀尾中は遠目に世良をにらみつけている市橋に気づいた。失態を見られて、屈辱がよみがえったかのようだった。

「気にするな。おまえは天保薬品で力をつけてるんだから、ドロップアウトしたヤツのことなんか忘れてしまえ」

市橋は短いため息で視線を逸らしたが、悔しさは消えないようだった。

第二部の講演は、予定通り午後一時からはじまった。

座長は八神である。八神は書店が用意した二十冊の著書が完売したので、さっきの剣幕もどこへやらの上機嫌だった。

林の講演は、生化学の専門領域におよび、直接、バスター5に触れることはなかったので、コンプライアンス的には楽観して聴くことができた。座長が八神であることが気になったが、彼も問題となるような司会はしなかった。

林の講演が終わると、十五分の休憩が告げられた。

「いよいよ、あとひとつやな」

肥後が椅子に沈み込むようにもたれた。池野は油断なくホールに視線を投げかけ、休憩に立つ参加者の中からある人物を見つけて、紀尾中に言った。

「彼女ですよ、厚労省の監視モニター」

池野が指した相手は、化粧気のないショートカットで、いかにも生まじめという風貌だ。ホールの中央あたりの席から、足早に後方の出口へと出ていく。このまま帰ってくれればいいが、それはあり得ない期待だ。

休憩時間が半分ほどすぎたとき、紀尾中は堂之上に最後の念押しをしようと、最前列の次講演者席に行った。ところが、堂之上の姿がない。トイレにでも行ったのか。廊下に出ると、舞台袖につながる通路の奥に人の気配があった。扉の陰からそっとのぞくと、八神と堂之上がいるのが見えた。

八神は座長を終えたところで、堂之上は次の講演者だから、すれちがってもおかしくはない。しかし、堂之上の態度がおかしかった。八神はいつもの横柄なようすで、堂之上の肩を叩いたりしている。どういうことか。

八神がこちらに出てきそうになったので、紀尾中はホールにもどり、最後列の席にもどって池野に言った。

「今、八神先生が堂之上先生と話していたが、大丈夫かな」

「講演の内容は確認してますよ。二人は元々同じ医局だから、挨拶してたんじゃないですか」

そうだろうか。堂之上のボスである岡部と、八神は今や犬猿の仲もいいところだ。朝、岡部にあれだけ忠誠を表していた堂之上が、八神に近づくのは不自然だ。紀尾中は訝りながらも、答えが見つからず、講演のはじまるのを待った。

休憩時間終了のベルが鳴ると、参加者たちは元の席にもどり、監視モニターの女性も着席した。

座長は新堺医療センターの内科部長だった。型通りに堂之上の紹介をすませたあと、慣れた口調で会場に告げた。

「それでは本日、最後の講演になります。演題は『高コレステロール血症の治療におけるフェミルマブの適応と臨床応用』です。堂之上先生、よろしくお願いいたします」

黒縁眼鏡に豊かな黒髪の堂之上は、いかにも神経質そうなまなざしで会場を見渡し、さっそく最初の画像から説明をはじめた。

「通常、血漿《けっしょう》中のコレステロールは、親水性のリン脂質や、アポリポタンパクに覆われて存在します。このうちレセプターに対するリガンド（特異的な結合）を持つのは、アポBとアポEの二種類で、フェミルマブはこのアポBレセプターを阻害することにより、血管内皮へのLDLコレステロールの取り込みを抑制するのであります」

滑り出しは順調だった。堂之上は臨床医らしく、バスター5で治療した症例を挙げ、実際の患者のデータを示してその効果を説明した。もちろん、バスター5の説明書に記された効能の範囲内での評価だ。

聴きながら、紀尾中が池野に確認する。

「海外での論文を引用したりはしてないだろうな」

「大丈夫です」

「他社製品、特にタウロス・ジャパンのグリンガと比較するようなデータもないか」

「ありません。そんなのがあったら一発アウトじゃないですか」

紀尾中らの緊張が続く。講演は終盤に近づいてきた。堂之上が説明しながら、手元のスイッチを押してパワーポイントの画像を変えた。スクリーンに映し出された図表を見て、池野が弾かれたように身を乗り出した。

「どうした」

「事前にもらった資料にない画像です」

映し出されているのは、マウスの解剖標本とそれを模式化した図だ。

堂之上はそれまでと同じ調子で続けた。いや、わずかに声が上ずっている。

「これはフェミルマブの血栓予防効果を示すデータであります。マウスでの実験ですが、フェミルマブには動脈硬化の抑制のみならず、血栓を予防する効果が見込め、梗塞予防に二重の効果が期待できるのであります」

まずい。マウスの実験では、良好なデータが得られたが、臨床実験、つまり人間の患者では有意差が出なかった。従って、バスター5の効能として認められず、当然、添付文書にも記載されていない。未申請の効果をセミナーの場で発表するのは、明らかなコンプライアンス違反だ。

堂之上はバスター5の奥の手を披露するかのように、滔々《とうとう》と血栓予防効果を論じている。なんとか止められないかと思うが、画像を消すことはできないし、立ち上がって制止するわけにもいかない。

会場の聴衆は気づいていないようだった。しかし、厚労省の監視モニターはどうか。薬剤師なら、当然、見すごすはずはない。紀尾中はショートカットの女性を後ろから見たが、その頭は微動だにしなかった。

「結論といたしまして、フェミルマブは、LDLコレステロール値を下げることなく、動脈硬化を抑制し、心筋梗塞ならびに脳梗塞の発生頻度を有意に低下させる効果のある画期的な薬剤と言えると思われます。ご静聴、ありがとうございました」

表向きはバスター5の応援講演のように聞こえた。しかし、血栓予防に言及したコンプライアンス違反は、重大なマイナス要素だ。

座長のまとめと会場からの質問も耳に入らないほど、紀尾中は集中して対処を考えた。

質疑応答が終わり、ふたたび岡部が登壇して閉会の挨拶をした。

紀尾中は三人のチーフMRに声を落として言った。

「池野君は閉会したらすぐ厚労省の監視モニターのところへ行ってくれ。事情を説明して、弁明の機会を与えてもらえるよう頼むんだ。肥後さんは殿村君といっしょに、乾先生や岡部先生らの見送りを頼みます。私は堂之上先生に、なぜあんな画像を出したのか聞いてきます」

「承知しました」

池野がうなずくと、肥後が紀尾中に肩を寄せて訊ねた。

「八神先生はどないしますの」

「もちろん丁重にお見送りしてください。できれば鮫島を出し抜いて」

「こりゃ厄介や」

話しているうちに岡部の挨拶が終わり、参加者たちが席を立ちはじめた。紀尾中らは素早く後ろの扉から出て、それぞれの目的に向かって散った。


紀尾中の頭にあったのはオネスト・エラー、悪意のないミスだ。先ほど殿村に確認したら、血栓予防効果の画像は、事前に送られてきた資料にはたしかになかったと証言した。すなわち、講演者が本番になって急にこちらの把握していない内容に言及したため、当社としては止めようがなかった、決して意図的に未申請の効果を講演者に話してもらったのではない。こう説明できれば、違反にはちがいないが、情状酌量の余地ありと判断してもらえるだろう。

紀尾中は講演者控室の手前で堂之上をつかまえた。

で向き合った。

「堂之上先生。ちょっとお話が」

堂之上は立ち止まり、不審そうに紀尾中を見た。そのまま控室に入り、テーブルをはさん

「ご講演でお疲れのところ、誠に申し訳ございません。今のご講演で、事前にいただいてい
た資料とちがうところがございましたので、どういうことなのか事情をうかがいたく存じま
す」

「資料とちがうところ？　何のことですか」

堂之上は黒縁眼鏡の奥で神経質そうな二重まぶたをしばたたかせた。

「バスター５の血栓予防効果の画像です。事前にいただいた資料にはなかったと存じます
が」

「そんなことはないでしょう。ちゃんと送っていますよ」

紀尾中は一瞬、言葉の意味が理解できなかった。

「しかし、弊社の担当はご講演中に血栓予防の画像を見て、すぐに事前にいただいた資料に
なかったと申しておりますが」

「私は送ったよ。見てみますか」

堂之上はブリーフケースから、画像と原稿を印刷したコピーの束を取り出した。手渡され

て、繰るとたしかに血栓予防のスライドと読み上げた原稿が、一枚に収まったページが入っている。しかし、通し番号がない。どこかおかしい。

堂之上は声に若干の苛立ちを込めて言った。

「その画像に何か問題でもあるのですか。たしかに、臨床実験では血栓の予防効果に有意差はなかったと聞いていますが、マウスの実験で効果があったのでしょう。それなら公表した方が、御社のバスター5に有利だと思ったから、わざわざ講演に入れたんですよ」

最後は恩着せがましい響きさえあった。

「バスター5の血栓予防効果は、臨床実験で有意差が得られませんでした。ですから、効能として申請していないのです。未申請の効能を公の場で発表することは、厚労省が定める医薬品広告規制に抵触して、コンプライアンス違反になります」

「じゃあ、どうして事前に教えてくれなかったんです。私だって広告規制までは把握していないし、そういうことをチェックするために、事前に資料を提出させるんでしょう」

その資料がなかったから、指摘のしようがなかったのだ。そう反論しても、堂之上は資料は送ったと繰り返すだけだろう。

考え込んでいると、池野が控室に入ってきて、紀尾中に耳打ちをした。

「監視モニターは、一応、事情に理解を示してくれました。厚労省とも相談して、後日、ヒアリングをしてくれるそうです」

　それはもはや朗報でも何でもない。紀尾中は池野に厳しい目を向け、手渡されたコピーの束を見せた。

「堂之上先生は、血栓予防の画像も事前に送ったとおっしゃってる。これだ」

　池野は一瞬、冤罪《えんざい》に動かぬ証拠を突きつけられた容疑者のように固まり、即座に大きく首を振った。

「そんなはずありませんよ。ちょっと待ってください」

　スマホを取り出し、せわしなく発信する。

「市橋か。堂之上先生から送られてきた講演資料を控室に持ってきてくれ。大至急だ」

　ものの一分もしないうちに、市橋が急ぎ足で資料を持ってきた。池野はひったくるようにして資料を受け取り、問題のページをめくった。

「見てください。臨床データの紹介の次は、フェミルマブの用法と用量の画像です」

　紀尾中はコピーを手に取り、さきほど覚えた違和感の理由に気づいた。

「これはうちでプリントアウトしたものか」

「いいえ。堂之上先生から送られてきたものです。郵送で」

　今どき郵送は珍しい。講演の資料提出は、たいていＰＤＦのメール添付だ。ＦＡＸもたまにはあるが、郵送はめったにない。いちばんのちがいは、メールやＦＡＸなら記録が残るが、郵送では中身の記録が確認できないことだ。つまり、送った送らないは水掛け論になる。

無駄だとは思いつつ、ダメ元で堂之上に送られてきたコピーを見せる。

「こちらで受け取りました資料には、やはり血栓予防のページが見当たりませんが」

「私はちゃんと送ってますよ。そちらで紛失したんじゃないの」

平然と答える。紛失することなどあり得ない。混乱しかけたとき、半開きになった扉から、鮫島が顔をのぞかせた。

「これはこれは、お取り込み中ですかな」

言いながら、遠慮もせずに入ってくる。後ろから佐々木と世良も入室する。

「さきほどの堂之上先生のご講演、素晴らしい内容でしたな。ですが、天保薬品さんにはいささか困ったことになるんじゃないですか」

不敵な笑いで紀尾中のほうに顔を向ける。堂之上が鮫島を見て、倦《う》んだようなため息を洩らした。

「鮫島さん。何だか知らないが、私の講演がコンプライアンス違反になるとか言って、詰問されてるんだよ。私は天保薬品さんのことを思って、血栓予防の効果を話したつもりなんだけどね」

親しげに声をかけたのは、鮫島が阪都大学にも出入りしているからだろう。

「いや、私もおかしいと思ったんですよ。バスター5の効能には血栓予防は書かれていませんからね。それをセミナーの講演で言っちゃっていいのかと。今、世良に調べさせたら、やはり未申請だったようですな」

鮫島が視線を向けると、世良は一歩前に踏み出て、頬骨の出た貧相な顔に得意そうな笑みを浮かべた。

「厚労省の医薬品医療機器総合機構に問い合わせましたので、まちがいございません」

またも市橋に嗤いを含んだ視線を飛ばす。

「事前に天保薬品さんのチェックはなかったんですか」

「それが資料を紛失したみたいなんだ」

「まさか、そんなことはないでしょう。ねえ、紀尾中所長」

紛失を嘲笑《あざわら》うかと思いきや、鮫島はそれを否定するように念を押してきた。どういう意味か。答えあぐねていると、さらに鮫島が言った。

「問題となるページだけ紛失するなんて、都合よすぎますからね」

つまり、天保薬品が未申請の効果を宣伝してもらうために、講演で発表されることを知りながら、故意にストップをかけなかったと示唆しているのだ。しかし実際は、紛失はあり得ないから、はじめから送られてこなかった可能性が大だ。それは堂之上のケアレスミスか。いや、それこそ問題のページだけ、うっかり送り忘れるほうが都合よすぎる。つまり、はじめから仕組まれていたということだ。

考えていると、世良が市橋をチラ見しながら、甘えるような声を鮫島にかけた。

「鮫島課長。僕が朝倉製薬にいたとき、天保薬品は僕の営業に、コンプライアンス違反の冤罪をでっち上げて、会社にチクったんですよ。おかげで僕は社内でも白い目で見られて、朝倉をやめざるを得なくなったんです。その天保薬品がこんな幼稚な手でコンプライアンス違反を犯すんですから、あきれてものも言えませんね」

市橋が我慢しきれないという勢いで、世良に怒鳴った。

「おまえのどこが冤罪だ。野球道具の領収書を新薬説明会の経費に紛れ込ませていたじゃないか」

「それがでっち上げだと言うんだよ。俺はそんなことをした覚えはないからな」

「よくもシャアシャアと」

「市橋。今はそんなことを言ってる場合じゃない」

紀尾中が制すると、鮫島はさもおかしそうな顔でうなずいた。

「そうだよな。尻に火がついてるのに、鼻クソをほじってる場合か」

それを無視して、紀尾中は必死の思いで堂之上に頼み込んだ。

「今回の件につきましては、厚労省がヒアリングをしてくれると思います。どうか、我々が事前に資料を点検できなかったことを、証言していただけないでしょうか。お願いいたします」

「そんなことを言われても、私は資料を送ったのだし……」

「それは否定いたしません。しかし、何らかの手ちがいで、問題のページが我々の目に触れなかったことを、証言していただきたいのです。この通りです」

紀尾中が立ち上がり、テーブルにつきそうなほど頭を下げた。後ろで池野と市橋も同じく低頭する。

「ハハ。ザマあないね。こいつら、自尊心はないんですかね」

世良が嘲笑すると、鮫島はむしろ同情するように眉を八の字に寄せて言った。

「気の毒にな。会場には厚労省の監視モニターも来てたから、言い逃れはできんだろう」

鮫島は監視モニターのことまで知っている。紀尾中の胸に強い疑念が湧き上がった。

「鮫島。おまえが仕組んだんだな。堂之上先生に渡りをつけて、厚労省にも情報を流して、監視モニターを派遣するよう仕向けたんだろう。そんなことをして、許されると思っているのか」

ありったけの怒りを込めてにらみつけると、思わぬところから声があがった。

「それはどういう意味です。紀尾中さん。あなたは私がタウロス・ジャパンに買収されたとでも言うのか。せっかく天保薬品によかれと思って講演を引き受けたのに、そんな汚名まで着せられては我慢ならない。ヒアリングか何か知らんが、すべてお断りする。いいですね」

しまったと思ったが、遅かった。堂之上は怒りに手を震わせながら、テーブルに広げた資料をブリーフケースに詰め込むと、一刻も我慢ならないという足取りで、控室を出て行った。

鮫島がアメリカ人のようなジェスチャーで肩をすくめてみせ、身を翻すように堂之上のあとを追う。

「堂之上先生。待って下さい。車でお送りしますよ」

鮫島の明るい声が廊下に響いた。世良も同様にあとを追いながら、消える直前、またもいやらしい嘲りの嗤いを市橋に向けた。

19　還暦祝賀パーティ

学術セミナーの終了後、すぐに紀尾中は大阪支店長の田野に連絡して、堂之上のコンプライアンス違反を報告した。予測されたことではあるが、田野は電話口で激怒した。

「何ということをしてくれたんだ。セミナーは君が大丈夫と言うから、信用して任せたんだぞ。それなのに講演者がコンプライアンス違反で問題になってるだと。いったいどう責任を取るつもりだ」

元々、セミナーには田野も関わりたそうにしていたが、余計なおしゃべりをして、乾の不興を買ったり、八神とトラブルでも起こしたりしたらコトだと思って、あらかじめセミナーは堺営業所で仕切ると伝えていたのだった。

「だから言わんこっちゃないだろ。こんなことなら私がはじめから行くべきだったよ。私なら講演で未確認の画像を出されるようなヘマはしないし、万一、画像が出たとしても、あとで堂之上先生の機嫌を損ねることはなかっただろう。君は自分の立場もわきまえず、出しゃばって自分たちだけで仕切ろうとするから、こんな事態を招いてしまうんだ。おまけに厚労省の監視モニターまで来ていただと？　これは致命的な失態だぞ。すべては君の責任だからな。わかっているのか」

「申し訳ございません」

今は謝る以外にない。田野は要するに、この失態の責任が自分に降りかかることを恐れているのだ。

「バスター5のガイドライン収載については、五十川部長も気にされているんだ。今回の失態で、万一、ガイドラインの収載が不首尾に終わったら、君の進退にも関わることになるからな。そのつもりで対処しろよ。わかったな」

田野の念頭には常に五十川がチラつき、万一の場合は紀尾中の首を差し出すことで、自分の責任を免れるというシナリオが脳裏に浮かんでいるのだろう。今はとやかく言ってもはじまらない。紀尾中は暗澹《あんたん》たる気分になりながら、「わかりました」とだけ答えて通話を終えた。

週明けの月曜日、紀尾中は本社のコンプライアンス統括室に呼ばれた。

コンプライアンス管理責任者は、紀尾中の元上司、中条光弘《ちゆうじようみつひろ》で、紀尾中が新人ＭＲのとき、堺の営業所長だった温厚な人物である。

「ご無沙汰しております。この度はとんだご迷惑をおかけすることになり、申し訳ございません」

「まあ、座りたまえ。土曜日の晩に田野君から電話があってね。えらい剣幕でまくしたてていたよ。彼はすぐカーッとなる質《たち》だからな」

中条は田野の二代前の大阪支店長で、田野のこともよく知っている。紀尾中に応接用のソファを勧めてから、かつての部下を懐かしむように言った。

「君のことだから、準備に抜かりはなかったんだろうが、想定外のことは起こるからな」

信頼に感謝しつつも、紀尾中は中条の呑気さに心許ないものを感じた。出世コースをはずれたが故の倦怠か。中条は営業所長、支店長までは順調に昇格したが、その後、本社の部長レースに敗れて、コンプライアンス統括室に配属されたのだった。

田野も経緯を説明したようだが、感情が先走ってほとんど支離滅裂だったようだ。紀尾中が改めて話すと、中条は飲み込みよくポイントをまとめた。

「要するに、未申請の効能を書いた画像を、堂之上先生は事前に送ったと言い、こちらは受け取っていないということだな。うちが紛失した可能性は考えられるか」

「それはないと思います。映像記憶能力のある殿村君も、事前に送られた資料になかったと証言していますから」

「だったら、堂之上先生が入れ忘れたということか」

「その可能性が高いと思われますが、それにしても、問題のページだけ入れ忘れるというのも不自然に思えます」

「意図的に送らなかった。つまり、仕組まれたコンプライアンス違反だったということか」

中条はゆっくりと腕組みをして、長い息を吐いた。そんなことがあり得るだろうかという面持ちだ。

「確証はありませんが、状況証拠はいくつかあります。まず資料の提出が郵送で、資料に通し番号がついていなかったこと。セミナーの直前になって、タウロス・ジャパンが共催に割り込んできたこと。また、厚労省の監視モニターが来ていたことも、偶然にしてはできすぎな気がします」

中条はどう判断したものかと視線を漂わせ、ふと思考を逆回転させるように愚痴った。

「そもそも、製薬協の規制がきつすぎるんだよな。宣伝活動の取り締まりは治安維持法並みだからな。今回のことだって、マウスの実験では有意差が出てるんだろう。患者のデータでも有意差が出たと言えば嘘になるが、そこまでは言ってないんだから、虚偽の宣伝でも何でもない。まあ、こんな締め付けも、これまでに製薬会社が何でもありの宣伝活動をやりすぎた報いだな」

自嘲的に言って嗤う。

状況を検討しなおしているところに、中条宛ての外線が入った。

「……はい、この度は誠に申し訳ございません。……ええ、そのようにしていただければ。……承知しました。ご配慮、ありがとうございます」

受話器を置いてから、中条が憂鬱そうな視線を向けてきた。

「厚労省の監視指導課だよ。今回の件のヒアリング、木曜日に決まった。午後三時に、近畿厚生局の特別指導第二課に来るように言われた。それまでになんとか申し開きの材料を集めなけりゃならんな」

「猶予は三日ということですね」

それまでに有効な情報が集められるだろうか。幸い、中条は紀尾中に好意的なので、田野のように足を引っ張ることはないだろう。それでも挽回できる可能性は、かなり低いと思わざるを得なかった。


いったん営業所にもどったあと、紀尾中は午後一時に中条と待ち合わせて、吹田《すいた》市にある阪都大学病院に向かった。堂之上に会って、改めてヒアリングへの参加を求めるためだ。ヤラセを疑うような発言で、堂之上を激怒させたことは中条にも伝えてある。

「実際はどうなんだ。堂之上先生がタウロス・ジャパンに買収された可能性はあるのか」

「わかりません。しかし、こちらは何も言っていないのに、堂之上先生のほうから買収という言葉を使ったのは、怪しい気がしないでもありません」

「タウロス・ジャパンにかぎらず、外資系のメーカーは国内資本の会社よりコンプライアンスの遵守は厳しいはずだがな」

外資系の製薬会社は、医師に支払う謝金なども国内メーカーより低く抑えている。株主に対する意識が高く、企業イメージを大切にするからだ。しかし、売り上げが低ければ、株主にそっぽを向かれるのも事実だ。

「いずれにせよ、買収の話は禁句だな」

中条はプラスの方策を持ち出すのではなく、失策を自戒するようにつぶやいた。

代謝内科の医局は研究棟の四階にある。窓のない薄暗い廊下は陰気で寒々しい。堂之上は講師なので個室は与えられず、机は医局の大部屋にある。半開きの扉から入ると、パソコンに向き合っている背中が見えた。

「堂之上先生。お忙しいところ、突然にうかがいまして、たいへん失礼いたします」

相手を驚かせないよう、声と上体を低くして話しかける。それでも堂之上はギョッとした顔で振り向き、警戒と拒絶の色を露わにした。

「帰れ」と言われる前に、紀尾中が低姿勢で言葉を継いだ。

「一昨日の学術セミナーでは、誠に失礼をいたしました。先生が弊社のためにしてくださった講演でしたのに、ご不快な思いをさせてしまったことには、お詫びのしようもございません。あのときは私も混乱しておりましたので、根拠のないことを口走ってしまい、深く反省している次第であります」

堂之上の表情がわずかに和らぐ。その機を捉えて中条を紹介する。中条は素早く名刺を差し出しながら、畏まった姿勢で述べた。

「本日は事後の対応につきまして、先生に特にお願いがございまして参りました」

「お願い、ですか。私にできることはないと思いますがね。とにかく私はそちらの要求に従って、事前に資料は送っているんだ。それをチェックしなかったのはそちらのミスでしょう」

「そこなんでございます。たしかにチェックが抜けていたのはまちがいございません。ですが、担当者はお送りいただいた資料をすべて拝見し、問題のないことを確認いたしております。問題の画像は、拝見したけれども見過ごしたのではなく、元々担当者が見ていなかったものである可能性が高いのです」

「そんなこと、私は知りませんよ。資料は全部揃えて送ったんだから」

中条が目配せをして、紀尾中が応対を代わった。

「堂之上先生には、以前にもご講演をいただいております。そのときはPDFで資料が送られてまいりました。今回、郵送になったのには何か理由がございますでしょうか」

「特にはありませんよ。何で送ろうとこちらの勝手でしょう。それとも何ですか。郵送だと受け付けられないとでも言うのですか。私はね、そう、PDFだとそちらでプリントアウトしなきゃならんから、その手間を省くためにも郵送がいいと思ったんですよ」

いかにも取ってつけたような口ぶりだ。

紀尾中は疑念を深めたが、中条は最終的な追及はまだ早いと判断したらしく、当面の依頼を口にした。

「今朝がた、厚労省から連絡がございまして、今週の木曜日、午後三時から近畿厚生局でヒアリングが行われることになりました。ご多忙な先生には誠に恐れ入りますが、堂之上先生にもご同席をお願いできませんでしょうか」

「あいにく木曜日の午後はカンファレンスが入っていましてね。抜けるわけにはいかないんですよ」

カンファレンスくらい何だ、こっちは行政処分がかかってるんだぞと、紀尾中の胸はざわめいたが、もちろん顔には出せない。中条も同じ思いだろうが、あくまで低姿勢を貫く。

「先生のご都合もうかがわず、ご無理をお願いして申し訳ございません。ヒアリングにつきましては、弊社のほうで準備をいたしますので、もしもお時間が許すようであれば、ご協力のほどをお願いしたいのですが」

「だから、カンファレンスがあると言ってるだろ。どうして私がそんなところに顔を出す必要があるの。厚労省から命令でも来てるんですか。冗談じゃないよ、まったく」

ここでキレさせるのはまずい。中条もそう判断したようで、前のめりになっていた上体を引いた。

「度重なるご無礼、平にご容赦をお願いいたします。本日のところは、これで失礼させていただきます。状況によっては、またご連絡させていただくこともあろうかと存じますが、そのときはどうぞよろしくお願い申し上げます」

「連絡なんかなくて結構。状況は変わんないんだから」

堂之上はハエでも追い払うように手を振った。中条は丁寧に頭を下げて引き下がる。これくらいで顔色を変えていては、MRは務まらない。

医局を出たあと、紀尾中は中条を岡部の教授室に案内した。

「失礼いたします。本日は弊社のコンプライアンス管理責任者の中条と参りました」

紹介すると、岡部は怪訝《けげん》な顔で紀尾中を見た。堂之上のコンプライアンス違反には、気づいていないようだった。

　経緯を説明すると、岡部は「それは困ったことになりましたな」と表情を曇らせたが、どこか対岸の火事のようだった。堂之上に買収の疑いがあることは、もちろん口に出せない。確証もなしに教室員を誹謗されれば、いかに温厚な岡部でも怒るだろう。

「ついては、今週の木曜日に開かれるヒアリングに、なんとか堂之上先生のご出席をお願いできないかと思いまして。木曜日の午後はカンファレンスがあるとうかがいましたが、弊社といたしましては、重大な危機でもありますので、なんとかお願いいたします」

　紀尾中が頼むと、岡部はモグラのような小さな目をしばたたきながら答えた。

「それくらいなら、堂之上君に言いますよ。カンファレンスはどうにでもなるから」

「ありがとうございます」

　これでなんとか、堂之上にはヒアリングに出てもらえるかもしれない。しかし、教授命令で無理やり引っ張り出されたとなれば、とても協力的な証言は期待できないだろう。岡部に頼んだことが裏目に出るのではと、ほっとしたのも束の間、紀尾中は不安になった。

＊

　午後五時四十分。

紀尾中らが帰ったあと、堂之上彰浩《あきひろ》は早めに仕事を片付けて、病院の本館を抜け、正面玄関から道路一本を隔てたモノレールの駅に急いだ。特別なオケージョン用のダークスーツに、おろしたてのワイシャツ、金色のネクタイは気恥ずかしいが、派手好みの主賓の祝いの席にはこれくらいがいいだろうと、医局を出る前に取り換えた。

モノレールから地下鉄に乗り継ぎ、梅田の人ごみの中を十数分歩いて、ＪＲ東西線の「北新地駅」に向かう。タクシーを使ってもいいが、しがない国立大学病院勤めでは、千数百円のタクシー代をつい惜しんでしまう。副収入が増えたとはいえ、まだまだ贅沢には慣れない。

堂之上は高校のときから成績優秀で、現役で阪都大学の医学部に合格し、卒業したあとは代謝内科の医局に入って、臨床の傍ら研究に励んできた。家族は見合いで結婚した妻と娘が一人。自宅は北千里《きたせんり》にある３ＬＤＫのマンションで、車はもう十二年も乗っている国産車だ。麻雀やゴルフもせず、趣味は読書という質素な生活ぶりだった。しかし、五十歳を過ぎたころから、さすがにこれでいいのかという疑問とも焦りともつかないものが胸をかすめるようになった。

この日、ふだんめったに使わない路線に乗ったのは、「大阪城北詰駅」というはじめて降りる駅に行くためだ。目的地は「ザ・ガーデンオリエンタル・大阪」。タウロス・ジャパン主催の医薬品講演会が開かれるからだが、それは名目であって、実態は「八神功治郎先生の還暦を祝う会」である。

製薬会社の講演会はたいてい都心のホテルで開かれる。今回の会場はネットで調べると、かつての大阪市公館で、大川沿いに約四千坪の敷地を誇る壮麗な迎賓館とのことだった。そんな異例の会場を望んだのは、もちろん八神本人だろう。

開会の十五分前に受付に行くと、すでにお歴々という雰囲気の医師たちが集まっていた。招待客は教授や病院長、中堅から若手の医師ら百二十名。招待客リストには循環器内科や消化器内科の有名教授の名前もあった。

会場のボールルームに入ると、ピアノとバイオリンの生演奏が流れ、ライトアップされた庭園がきらびやかな雰囲気を盛り上げていた。私立大学の教授になればこんな世界も味わえるのかと、堂之上は茫然とする思いだった。国公立ではとても手の届かない境遇だ。

前方の丸テーブルには、著名な医師らが着席して談笑している。堂之上は顔見知りと目を合わせないようにして、会場の隅に控えた。いくら招待されたとはいえ、八神の仇敵である岡部の部下が、何をしにきたと白い目で見られてはかなわないからだ。

開会の時間になり、タウロス・ジャパンの鮫島が、前方の司会者台でマイクを取った。

「それでは皆さま。ただ今より、弊社主催の医薬品講演会をはじめさせていただきます。皆さまにおかれましては、ご多忙のところたくさんお集まりいただき、誠にありがとうございます」

鮫島は粘りつくような視線で会場を見渡し、精いっぱいの愛嬌を振りまく。続いて胸に特大のリボンローズをつけた八神が賑々しく登場した。盛大な拍手の中、満面の笑みで正面マイクの前に立つ。

「本日はかくも大勢の皆さまにご参集いただき、誠に恐縮至極に存じます。そもそも高脂血症治療の分野におきまして、今般、認可されましたLDLコレステロール排泄促進のグリンガは、まさに新機軸。あっと驚く作用機序で一世を風靡《ふうび》するものであります」

八神はタウロス・ジャパンのグリンガをこれでもかというほど持ち上げる。そのあとでひとつ咳ばらいをし、いかにも蔑《さげす》む調子で天保薬品のバスター5を暗に貶めた。

「巷《ちまた》にはナンチャラ阻害剤などという突飛な薬も出まわっているようですが、それこそ海のものとも山のものとも知れぬ曖昧薬で、聞くところによりますと、某製薬会社は、とあるセミナーでコンプライアンス違反を犯してまで、その薬を宣伝しようとしたらしいですな。悪あがきと言うか、馬脚を露したと言うか、自ら作用機序の胡散《うさん》臭さを露呈したのも同然であります」

堂之上は思わず顔を伏せた。招待客の中に一昨日のセミナー参加者がいて、今の発言が堂之上の講演のことだと気づく者がいたらどうしよう。しかし、幸い、その恐れは杞憂のようだった。八神はバスター5についてはそれ以上語らず、ふたたび話をグリンガにもどした。

「これからは高脂血症の治療はグリンガの時代です。グリンガでコレステロールの排泄を促進できれば、患者は食事制限で苦しむこともなく、うまい料理と酒に舌鼓を打てるわけです。グリンガこそは高脂血症治療の切り札。グリンガを処方せずして、高脂血症の治療はあり得ません。医学の進歩は素晴らしい。よい薬さえあれば、後顧の憂いなく人生を楽しめるのですから。その意味で、我々医師はよい薬を提供してくれる製薬会社に、感謝の意を表さなくてはならないでしょう」

八神はグリンガの名前を耳にタコができるほど連呼し、最後は自らの還暦祝賀パーティに対するタウロス・ジャパンへの感謝を言外に込めて、講演を終わった。

ふたたび、鮫島が司会者台から会場に向けて白々しく言う。

「皆さま。たまたまですが、八神先生は間もなく還暦をお迎えになられます。弊社ではサプライズとしてこのようなものをご用意させていただきました」

脇から貧相な顔のMRが出てきて、八神に真っ赤なちゃんちゃんこを着せ、同じく真っ赤な丸帽子をかぶせた。たしか、世良とかいう転職組のMRだと堂之上は思い当たる。八神は「おいおい、何だこれは」と照れながらも、定番の還暦衣装にご満悦のようすだ。

続いて、VIPとして招かれた有名教授が、順に八神の還暦に対する祝賀のメッセージを述べた。いずれも歯の浮くようなお世辞の連続で、聞いているほうが恥ずかしくなるようなスピーチだが、八神自身は外国人のように肩をすくめたり、両手を広げたりして、謙遜するそぶりを見せている。堂之上はあまりのバカバカしさに苦笑いしたが、本音では若干、羨ましい気もした。長年にわたる地味な研究生活の報酬として、このような晴れやかな席も悪くないのではないか。いつか自分もこのような舞台に立つ日が来るだろうか。堂之上はその可能性について考えた。それを実現するためには、漫然と構えてはいられない。

祝辞が終わると、会場のスタッフが盆に載せたシャンパンのグラスを参加者に配った。乾杯の発声は、八神と同じ北摂大学の医学部長だった。噂では八神とはツーカーの仲で、製薬会社や医療機器メーカーから、かなりの寄附が二人の懐に流れ込んでいるとのことだった。

スピーチはやはり中身のない美辞麗句の連続だったが、全員がグラスを掲げた。

八神の周囲には鮫島はもちろん、北摂大学の取り巻きから、八神の息のかかった教授、病院長、部長連中が集まり、盛大に盛り上がっている。堂之上は後方の壁際でローストビーフと寿司をつまんでいた。自分もあの輪に入るべきだろうか。しかし、出過ぎた真似をして、八神の不興を買うことは避けたい。

元々、堂之上が八神に近づいたのは、八神のほうから声をかけてきたからだった。

昨年四月、金沢で開かれた日本代謝内科学会総会で、高容量のＥＰＡによる心血管イベントの抑制効果を発表したとき、座長だった八神が堂之上を高く評価してくれたのだ。

控室で二人になったとき、八神が堂之上に訊ねた。

——君のところの准教授の守谷君ね、彼は君の何期上だ。

——二年です。

——だとしたら、君は自分の将来をどう考えているのかね。

八神の問は、それまで堂之上が敢えて考えないようにしてきたことだった。現在、教授の岡部は六十二歳で、定年まであと三年を残している。そのあとを准教授の守谷が継げば、堂之上は講師から准教授には昇格するだろうが、次の教授の目はない。守谷が定年になる十年後には、堂之上も定年まで二年しかないからだ。

——君が守谷君を追い越して、岡部さんの後任になる見込みはあるのか。

八神はその可能性がないことを知った上で問うていた。苦笑いでごまかすと、八神が声をひそめた。

——このまま阪都大学にしがみついていても、いいことはないんじゃないか。だいたい岡部さんは研究バカで、部下の将来など何も考えとらんだろう。僕ならそれなりのポストを用意できるがね。たとえば、芦屋医科大学の第二内科教授とか。

危険な誘いだった。それに乗ることは、岡部を裏切ることになる。芦屋医科大学は裕福な教授陣がいることで有名なところだ。しかし、堂之上には〝国立大〟という金看板に未練があった。

——ですが、阪都大学を離れるのはどうも。

堂之上がためらうと、八神は急に不機嫌になり、ぞんざいな言葉遣いになった。

——そんな凡庸なことを言っていると、いつまでたっても成功にはありつけんぞ。

たしかにそうかもしれない。堂之上が逡巡《しゅんじゅん》を見せると、八神は追い打ちをかけるように言った。

——国立大などと言っても、今どきだれがありがたがるものか。窮屈なだけだろう。そこへいくと私立大学は自由でいいぞ。いろいろおいしい話もあるしな。

——それは羨ましいです。

迎合すると、八神は機嫌を直し、声をひそめて話の本題に入った。タウロス・ジャパンとの密かな関係。それに協力することの見返り。旨味はあるが危険な誘い。

——君もいつまでも国立大学病院の安月給では報われんだろう。清廉潔白もいいが、水清ければ魚棲《す》まず、清濁併せ呑むとも言うだろう。

——少し考えさせてください。

堂之上がタウロス・ジャパンの説明会に、講演者として招かれたのは、それから一カ月後だった。もちろんその場には八神もいた。講演料は通常の五倍の五十万円。現金を手渡されて驚いたが、アレンジした鮫島はすべて飲み込んだように笑い、日付なしの領収証にサインを求めた。

——五枚お願いします。手続き上、そうしていただくことになっておりますので。

明らかに怪しい処理だった。

そんなことを思い出しながら、ぬるくなったビールを啜《すす》っていると、人混みの間からふいに世良が顔を出した。

「堂之上先生。こんなところにいらっしゃったんですか。八神先生がお待ちですよ。早く前のほうにいらしてください」

追い立てられるように前方に進むと、八神が気づいて反《そ》り返るように手を上げた。

「堂之上君。こっちだこっち」

「八神先生。この度はおめでとうございます。お祝いの言葉が遅くなりまして、申し訳ございません」

「何を言っとるんだ。君は一昨日のセミナーで大活躍だったじゃないか。ワハハハハ」

八神が爆笑すると、横にいた鮫島が不気味な三白眼で同調した。

「まったくでございます。堂之上先生のご講演には私も感服いたしました。ですが、それにしても天保薬品もひどいですなぁ。あくどいと言うか、盗人猛々《ぬすっとたけだけ》しいと言うか」

「何があったんだね」

その場にいた循環器内科の教授が聞いた。経緯を説明したあと、鮫島はわざとらしくあきれて見せる。

「堂之上先生は事前にすべての講演資料を送っておられるにもかかわらず、チェック洩れを犯した天保薬品が、問題の画像と原稿は見当たらなかったなどと言って、堂之上先生に責任をなすりつけようとしたんですよ。信じられますか」

「天保薬品は準大手に名を連ねているのに、そんな卑劣なことをするとは思わんかったな。循環器の領域でもいろいろ薬はあるが、今後は処方を考えんといかん」

それを聞きながら、堂之上は複雑な思いに駆られた。鮫島の説明は事実とは異なる。それを自分の前で言うのは、筋書きの念押しだろう。言われなくても、天保薬品からのアプローチは突っぱねている。毒を食らわば皿まで。そんな言葉が脳裏をよぎった。

八神が循環器内科の教授のあとを引き取って言う。

「処方と言えば、最近の患者はよく勉強しとるから、すぐデータとかエビデンスとか言うが、データ優先でいいなら、ＡＩに処方させればいいんだ。だが、そんなものが目の前の患者に当てはまるとはかぎらない。そうでしょう」

その場にいた消化器内科の教授がうなずく。

「患者は医者が最適な薬を処方してくれると思っているかもしらんが、はっきり言って、効くかどうかは使ってみなけりゃわからん。たぶん、効くだろうと思って処方しとるんだ」

「そこでものを言うのが、名医の勘というヤツじゃないですかな。患者を診て発揮されるインスピレーションのようなもの」

八神が自信たっぷりに言うと、すかさず鮫島がいかつい笑顔を突き出した。

「おっしゃる通りでございます。私《わたくし》どもは名医であられる先生方に、そのインスピレーションを遺憾なく発揮していただくために、こうして盛大な講演会を開かせていただいているのでございます」

「高価なお土産まで用意して、だろ。ワッハッハッハ」

「建前は別として、私立大学の先生方には堅苦しい縛りがございませんので、私どもも融通を利かせやすいわけで」

鮫島が追従を言うと、循環器内科の教授が明け透けに笑う。

「いいねぇ。どんどん融通してくれたまえ。ウハハハ」

堂之上もだらしなく笑っている自分に気づくが、それを消そうとは思わなかった。むしろ、自分にも明け透けに笑える日が近づいているのだと感じ、己を正当化した。

「それはそうと、八神先生。例の韓国からのデータ処理はいかがでしょうか」

鮫島が八神に上体をすり寄せて訊ねた。

「心配するな。万事、オレに任せておけ」

すでにアルコールがかなり入っているらしい八神は、縁なし眼鏡の奥で腫れぼったい目に狡猾な光を閃《ひらめ》かせた。

20　架空講演

阪都大学に堂之上を訪ねた翌火曜日、紀尾中はいつも通り朝いちばんに出勤し、所長室にこもって考えていた。

厚労省のヒアリングまであと二日半。それまでにコンプライアンス違反に対する処置を穏便にすませる方策を見つけられるだろうか。

いちばんいいのは、堂之上が問題の資料を送っていなかったことを認めてくれることだ。しかし、昨日のようすでは、こちらの都合に合わせて証言してくれる可能性はゼロに近い。

それにしても、堂之上はなぜ、問題の資料を抜いたりしたのか。

バスター5にコンプライアンス違反が発生すれば、喜ぶのはタウロス・ジャパンだ。ということは、やはり堂之上はタウロス・ジャパンに買収されたのか。しかし、いかに鮫島といえども、岡部の医局で講師の堂之上に買収を持ちかけたりはできないだろう。

八神が堂之上に指示したとしても、バックにいるのは鮫島だ。堂之上は八神に脅されたのか、それとも甘い罠を仕掛けられたのか。

いくら考えを巡らせても、解決の糸口はつかめそうになかった。

この日も全体ミーティングを開くことにして、所長室を出かけたとき、池野がノックの返事も待たずに飛び込んできた。

「所長。これを見てください」

差し出してきたコピーは、タウロス・ジャパンのホームページから印刷したものらしかった。

「タウロス・ジャパンから医療関係者への資金提供のリストです。堂之上先生への資金提供が、昨年度から一気に増えています。これって、ぜったいおかしいですよ」

製薬会社はいずれも自社のホームページで、「透明性に関する取り組み」として、医師への資金提供を公開している。内容は講師謝金、原稿料、コンサルタント業務の委託料などだが、製薬会社が渋々公開している証拠に、リストにたどり着くためには、ホームページのトップからいくつものページを経由しなければならない。しかも、リストは膨大で、その中から不正が疑われるケースを見つけ出すのは容易ではない。

タウロス・ジャパンの堂之上の欄を見ると、一昨年度の講師謝金が二件で十三万六千円なのが、昨年度は七十二件で八百五十二万三千円。原稿料や監修料も一昨年度がゼロなのに、昨年度は計二十二件で約二百六十万円だ。堂之上が最近、大きな賞を受賞したとか、海外の有名雑誌に論文が掲載されたとかならわかるが、目立った業績もないのに、突然、講演や原稿執筆の依頼が増えるのは不自然だ。

「ほかの製薬会社も堂之上先生に講演を依頼していることはないのか」

「そこまで見ていませんが、たぶんないでしょう。いずれにせよ、講演回数が年七十二回は多すぎませんか。講演は有給休暇を取得して行うはずですから、かなり無理があると思われますが」

堂之上は国立大学の職員だし、本務以外の活動に厳しい岡部の医局では、そうそう有給休暇も取りにくいだろう。週末や祝日を当てているとしても、この回数では相当、私生活が圧迫されるはずだ。

「もし、講演の不正が明らかになれば、突破口になるな」

紀尾中はコピーを持って、池野とともに所長室を出た。

ミーティングエリアには、いつも通り窓から明るい陽の光が射し込んでいたが、待機しているMRたちは重苦しい表情で紀尾中を待っていた。

「池野君が興味深い資料を見つけてきた」

紀尾中がタウロス・ジャパンから堂之上への資金提供の変化を説明すると、全員が色めきたった。

「それはぜったい怪しい。明らかな買収ですよ」

野々村が声をあげると、同じチームの山田麻弥も決めつけるように言った。

「講師謝金と原稿料、監修料が合わせて一千万円超えだなんて、講師の堂之上先生では考えられません」

万年チーフMRの肥後も続けて洩らす。

「タウロス・ジャパンからは八神はんとこにも、相当な金額が流れてるらしいな」

「八神先生のリストはプリントアウトしませんでしたが、講師謝金だけで一千八百万円を超えていました」

池野が答えると、さらにMRたちは疑いを深めた。堂之上は八神の口利きで、タウロス・ジャパンに買収されたのか。

一同が、「許せない」「カネで魂を売るとは情けない」などとテンションを上げていると、もうひとりのチーフMRである殿村が紀尾中に聞いた。

「堂之上先生への資金提供が増えているのは、どういう理由なんですか」

何を今さらと一同は白けたが、紀尾中は答えることができなかった。代わりに池野が苛立った声で応じる。

「タウロス・ジャパンに有利な働きをしてもらうために決まってるじゃないですか」

「どこでわかるんですか。公開されている情報には出ていないでしょう」

殿村が食い下がると、転勤で彼のチームに入った緒方が、殿村に聞いた。

「さっき、だれかが言ってましたが、魂って売れるんですか」

「さあな」

首を傾げた殿村を紀尾中が制した。

「その話はあとにしよう。しかし、今、殿村君が指摘したように、公開された情報だけでは、堂之上先生がタウロス・ジャパンに買収されたとは言い切れない。向こうもそれがわかっているから、堂々と公開しているんだろう。支払われた講師謝金に不正か矛盾があることをなんとか見つけ出す必要がある」

「水増し請求とか架空講演ですね。それを証明できるのは、内部事情を知ってる者しかいない。タウロス・ジャパンに内部告発をしてくれる人間がいればいいですが」

池野が考えを巡らせるが、それ以上は進まないようだった。代わりに山田麻弥が手を挙げた。

「堂之上先生の奥さまに話を聞くのはどうでしょう。講演日に家にいたとか、家族でどこかに行ったとかの証言が得られれば、架空講演が明らかになるでしょう」

「いや、それはよくない」

「どうしてです」

「奥さんから証言を得られても、それは堂之上先生を窮地に追い込むことになる。意図を明かさず聞くのはフェアではないし、意図を明かせば当然、答えてはくれないだろう」

「フェアでないって、そもそも堂之上先生がアンフェアなことをしてるんですよ。ヒアリングは明後日なのに、きれい事を言ってる余裕はないんじゃありませんか」

苛立ちを隠さない山田麻弥を、肥後がやんわりとたしなめた。

「そうカリカリしなさんな。堂之上の奥さんに話を聞くと言うても、こっちに都合のええ証言が得られるとはかぎらん」

「じゃあ、ほかに方法があるんですか」

山田麻弥が声を強めると、それまで沈黙していた牧が静かに言った。

「講師謝金や原稿料の不正を調べるのは、調査のノウハウを持っている人に頼むのがいいんじゃないでしょうか」

「興信所にでも依頼するのか」

「いえ。毎報新聞の菱木に頼んでみます。彼なら社会部の記者とかも知っているでしょうから、手がかりがつかめるかもしれません」

「新聞記者ったって、特別なノウハウがあるわけじゃありませんよ」

山田麻弥が反論した。彼女は新聞社がいやで転職したので、古巣に否定的なのだろう。

牧がバスター5に思い入れがありそうなのを紀尾中は知っていた。根拠はないが、今の彼にはほかに頼れそうなアイデアがなかった。

＊

ミーティングを終えたあと、牧健吾は紀尾中に断ってから、大阪市北区堂島にある毎報新聞の本社に向かった。LINEで連絡し、時間を調整して、一階の面会室で菱木と向き合った。

菱木が興味津々の顔で聞く。

「阪都大の講師が、製薬会社から不正なカネを受け取っている疑いがあるっていうんだな。それが事実なら大問題だ。詳しく話してくれるか」

経過を説明すると、菱木は取材ノートにメモを取っていたが、牧が話し終えると小さく唸った。

「たしかに不自然だが、これだけで不正とは決めつけられんな。何か決定的な証拠を見つけないと」

「それを君に頼みたいんだ。どうにか尻尾をつかめないか」

「阪都大の講師なら、講演をするときには学部長に承認申請の書類を提出しているはずだ。届け出の数が製薬会社のリストと合わなければ、追及できるかもしれん」

「じゃあ、調べてくれないか。急な話で悪いけど、明後日の午後三時がタイムリミットなんだ」

厚労省のヒアリングの話が後まわしになっていた。菱木が、えっという顔で話を止めた。

「二日で証拠をつかめというのは無茶だぞ。申請書類は外部の者は閲覧できないし、製薬会社も本人も万全のカムフラージュをしてるだろう。製薬会社がホームページにデータを公開している段階で、足がつかないよう対策をしているはずだ」

「そこをなんとか頼めないか。こっちは切羽詰まってるんだ」

「おまえの立場もわかるが、明後日までというのは、いくら何でも時間がなさすぎる。悪いが期待に応えられそうもないよ」

取材が専門の相手にそう言われれば、牧も引き下がるしかなかった。

毎報新聞社を出ると、四ツ橋筋の雑踏は相変わらずで、車も人もせわしなく行き交っている。せっかくいいアイデアだと思ったのにと、無念の思いが込み上げた。

そのまま地下鉄の駅に向かいかけたとき、ふと、菱木が言った「外部の者は閲覧できない」という言葉が引っかかった。ならば内部の者なら調べられるということだ。それまで思いつかなかったが、阪都大の大学病院とはつながりがあるではないか。家族性高コレステロール血症の遺伝が心配で、二人の娘はともに阪都大学病院で診察を受けたのだ。

次女の繭子が牧と同じタイプだとわかったとき、詳しい検査を受けるために、小児科と代謝内科の共観という形で入院した。三年前のことで、代謝内科の受け持ち看護師だった本村《もとむら》早苗《さなえ》が繭子をかわいがり、勤務のあとも病室に遊びに来てくれたりした。本村とはその後も年賀状のやり取りをしている。たしか、連絡先が書いてあったはずだ。

牧は自宅に電話をかけ、妻に本村の連絡先を調べてもらった。本村のスマホにメッセージを送ると、すぐに返事があった。深夜勤明けで、自宅にいるとのことだった。本村に会って、有益な情報が得られるかどうかはわからない。しかし、今はできるかぎりの伝手《つて》を生かすべきだ。牧は直接電話をかけ、こちらの勝手で申し訳ないが、今から会ってもらえないかと頼んだ。

「いいですよ。それなら近くのスタバで」

本村が指定したのは北千里駅西口にある店だった。本村は主任に昇格したとのことで、それらしい風格が備わっていた。スマホにある繭子の写真を見せると、「わあ、大きくなって」と声をあげるところは、かつてと同じ屈託のなさだ。

今回は厚労省のヒアリングのことも忘れずに説明した。正義感の強そうな本村は、堂之上が製薬会社から多額の資金提供を受けていると聞いて、眉をひそめた。

「まじめな先生だと思っていたのに、信じられない。でも、そう言えば思いあたる節があるわ」

堂之上が去年の四月ごろから、ちょくちょく有給休暇を取るようになったというのだ。

「年に七十二回ということは、平均でも毎月六回です。そんなに休んでいたんですか」

「いえ。月に二、三回ですよ。それまでほとんど休まなかったので目立ったんです」

それならやはり回数の水増しだ。しかし、休みの日に行っている可能性もある。

「土日に講演に行ってるようすはありませんでしたか」

「さあ、そこまでは」

「大学の医師は外部に講演に行くとき、承認申請書を出すのでしょう。医学部長宛てだと思うんですが、なんとかその情報を得られないでしょうか」

「うーん、どうかしら」

さすがに現場の一看護師にはむずかしい注文のようだった。

「製薬会社のデータと届け出の差が証明できるといいんですが」

ダメ元で言うと、本村は「間に合うかどうかわかりませんが、できるだけ調べてみます」

と請け合ってくれた。

本村から連絡があったのは、その日の夜だった。

「同期の看護師が医学部長の秘書をよく知っていたので、事情を話して、承認申請の書類を見せてもらいました。医学部長が帰るのを待っていたので、こんな時間になってしまいましたが」

「で、どうでした。届け出の書類は何枚出ていました？」

返ってきたのは意外な答えだった。

「昨年度分の申請書は七十二枚。堂之上先生はきっちり届け出ていたようですよ」

そんな……。菱木の言葉がよみがえった。

——製薬会社も本人も万全のカムフラージュをしてるだろう。

「その書類には講師謝金の額は書いてありませんか」

すがるような気持で聞くと、本村は聞かれることを予測していたように即答した。

「ありました。合計は八百五十万円を少し超えてますよ」

金額も正確に届けているのか。堂之上は実際にそれだけの講演をこなし、すべて正規の報酬として申告しているということか。それなら回数は多いとしても、不正として追及することはできない。

しかし、実際、そんなことが可能だろうか。一昨年度までたまにしか講演していなかった堂之上が、いきなり昨年度に七十二回も講演したということが、牧にはどうしても信じられなかった。

「その申請書類を私も見ることができますか」

もしやと思って聞くと、今度はいい意味で予想外の答えが返ってきた。

「原本は無理ですけど、わたしが念のためスマホで全部撮りましたから、そのデータなら見ていただけます」

「じゃあ、恐縮ですが、それを私のメールアドレスに送ってください」

データはクラウドに保存されているらしく、しばらく待つと送られてきた。申請はひと月ごとにまとめて行われており、ほぼノーチェックで承認されているようだ。講演日はやはり週末が多いが、土曜日より日曜日に偏っていた。土曜日は学会やセミナーなど、医師が集まる機会が多いので、講演との重複を避けたのだろう。

講演の場所は大阪と東京が多いが、その他の地域も含まれる。牧はプリントアウトしたデータを何度も見直したが、不自然な箇所を見つけることはできなかった。

翌日、牧がそのデータを報告すると、紀尾中は全体ミーティングで対策を募った。

池野が半ばダメ元で提案した。

「カネの流れだけで追及してみますか。一昨年と昨年のちがいを突き付けたら、堂之上先生も動揺するんじゃないですか」

「それくらいは織り込みずみだろう。追及されてもいいように、大学にきちんと届け出をしているんだから」

「ぜったいに怪しいのに、悔しいですね。なんとか攻め落とせないのかしら」

山田麻弥が鋭い目を吊り上げると、肥後が冗談ともつかない口調で言った。

「何かほかに弱みはないんかいな。女とか賭博とかヤバイ薬とか。あのクソまじめなエリートには、ないんやろうな」

殿村が紀尾中に訊ねた。

「堂之上先生はヒアリングには出てくれるんですか」

「岡部教授からは許可をもらっているが、当人にはこれから説得する」

牧はじれったい気持でやり取りを見守っていたが、だれにも次の一手は思いつかないようだった。

残された時間は今日と明日の午前中のみ。紀尾中は堂之上の承認申請書を入手しただけでも手柄だとほめてくれたが、このままでは釣り落とした魚も同然だ。

＊

ヒアリング当日の朝、紀尾中は全体ミーティングが終わったあと、祈るような気持で牧を送り出した。営業所全員の思いも同じだった。

昨日は結局、新しい情報も得られず、今朝までに事態の進展はゼロ。そこに牧から細いがたぐる値打ちのある糸のような可能性が示された。

「うまくいきますかね」

「さあな」

紀尾中の横で池野が不安そうにし、紀尾中はいつも笑っているような目を細めた。

午後零時二十分。牧から阪都大学病院に直接行くという連絡があり、紀尾中は本社の中条と待ち合わせて、堂之上に最後の説得をするために向かった。昨日、電話でヒアリングへの参加を依頼したときの返事は、ノーだった。

大学病院のロビーで牧と落ち合い、牧の成果を確認して堂之上のもとを訪ねた。

堂之上は明らかに不機嫌だった。眉間に深い皺を寄せ、黒縁眼鏡の奥に苛立ちを浮かべている。

「また来たのか。いい加減にしてくれ」

「申し訳ございません。ですが、今日は先生にぜひ、ご確認いただきたいものをお持ちしましたので」

紀尾中は恐縮しつつも、牧が新たに書き出した一覧表を差し出した。堂之上は面倒そうに紙を受け取り、投げ遣《や》りな視線を落とした。一瞥して突き返そうとしたが、ふいにその手を止め、顔色を変えた。

紀尾中が時間を置いてから、確信を込めた声で問う。

「──ご説明しなくても、おわかりですね」

「いや、これは何かのまちがいで……」

「どういう？」

すかさず追及すると、堂之上はこめかみに汗をにじませて弁解したが、無理筋であることは自身にもわかっているのだろう。次第に追い詰められ、牧が最後に決定的な証拠を突きつけると、ついに逃げ場を失い、肩を落とした。さらにメディアとの関係をチラつかせると、堂之上は恐怖を露わにして、「何でもするから」と声を震わせ、全面的な協力を申し出た。

そのまま営業車で大手前《おおてまえ》四丁目の近畿厚生局に向かい、午後三時から特別指導第二課でヒアリングを受けた。厚労省側で応対したのは、特別指導管理官、第二課長、そして学術セミナーに来ていたモニターの薬剤師である。

ヒアリングでは、堂之上が自ら説明した。

「講演で話す原稿と画像は、事前に天保薬品さんから提出を求められていたので、資料を郵便で送りました。全部送ったつもりでしたが、たまたま問題となった部分が抜けており、そのことに気づきませんでした。血栓の予防効果が未申請であることも、私は不勉強ながら把握しておらず、資料はすべてチェックを受けたものと思い込んでいたので、講演で話してしまったのです」

堂之上はコンプライアンス違反を犯したのはすべて自分の責任であり、天保薬品には防ぎようがなかったことを認めて謝罪した。紀尾中は現場の責任者として、堂之上の証言を追認するだけでよかった。

特別指導管理官から二、三質問はあったが、それ以上の追及はなく、判定は行政処分に入らない厳重注意にとどまる見通しとなった。厚労省の判断がそうであれば、製薬協の処分も右へ倣《なら》えになるだろう。結果は紀尾中が想定した中で、最良のものとなった。

＊

その夜、堂之上はこれ以上ない重い足取りで、北浜一丁目にある老舗の料亭「花外楼《かがいろう》」に向かった。明治八年、大久保利通《としみち》、木戸孝允《たかよし》、板垣退助《いたがきたいすけ》、伊藤博文《ひろぶみ》らが集まって、日本の立憲政体の樹立を決めた大阪会議の場所として知られ、今も贅を尽くした会食や祝いの席に用いられる名店である。

堂之上を待っていたのは、北摂大学の八神と、タウロス・ジャパンの鮫島だった。その日行われたヒアリングの結果を聞きつつ、天保薬品のコンプライアンス違反を肴《さかな》に大いに盛り上がろうというのである。

土佐堀川を見下ろす二階の十二畳の部屋に通されると、すでに八神と鮫島は先に杯を交わしていた。黒塗りのテーブルには色鮮やかな料理が並べられている。

「いよう、今夜の主役が現れた」

八神が赤い顔で杯を上げ、鮫島は立ち上がって堂之上に八神のとなりを勧めた。

「遅くなりました」

背中を強張らせて恐縮すると、八神は太鼓腹を揺らすようにして堂之上に酒を注ぎ、「まずは乾杯」と杯を掲げてから、口に放り込むようにして飲み干した。空いた杯に鮫島がすかさず注ぎ足す。

「今日はご苦労さん。さぞかし天保薬品はがっくりきてただろうな。何と言っても、厚労省の監視モニターの目の前でコンプライアンス違反を犯したんだからな」

「理想主義者の紀尾中が、悔しそうに歯噛みしているのが目に見えるようですよ」

鮫島が嬉しそうに濁った声で応じる。

「で、厚労省の処分はどうなりそうだ。業務改善命令ですみそうか。もしかして、業務停止命令までいったか」

タウロス・ジャパンと密かな関係にある八神は、八百長レースの結果を聞くような笑みを浮かべた。

「それが……、実は、その……」

堂之上はこめかみから汗を流し、ずり落ちる眼鏡を押し上げながら、事情を説明した。天保薬品には落ち度がなかったという結果になったと聞くと、八神は、「いったいどういうことなんだ」と、への字に曲げた唇に憤懣《ふんまん》をにじませた。

「申し訳ございません。私の講演の届け出に、架空のものがあると追及されて、どうにも抵抗できなかったのです。おまけに、天保薬品のＭＲに新聞記者の知り合いがいるとのことで、架空の講演が事実なら、取材したいと言っていると脅されたんです。そんなことがメディアに出たら、私の将来はなくなります。ですから、相手の言いなりになるしかなかったんです。誠に申し訳ございませんでした」

堂之上は椅子から降りて両手をつき、畳に額をこすりつけて土下座をした。

八神が朱に染まった顔をどす黒く変えて怒鳴った。

「なんで架空講演がバレたんだ。大学にはきっちり届けを出していたんじゃないのか」

「出していました。しかし、平日の有休をあまり使うと目立つので、週末に講演したことにしていたのです。土曜日は自分が出席しなければならない会合が多くて、日曜日を講演に当てたようにして。ところが……」

堂之上は言い淀み、それでも観念したように言葉につかえながら告白した。

「実は、その、私は読書が趣味で、毎月最終の日曜日に、地元の図書館で開かれる読書会に参加していたのです。その日付と講演したことにしていた日が重なっているのを追及されて、言い逃れができませんでした」

「どうして、予定のある日に講演の届け出をするような、迂闊なことをしたんだ」

「講演の回数が実際の五倍以上ありまして、どうしても重ねざるを得ませんで、読書会はプライベートなことでもあり、まさかそこまで調べられると思わなかったものですから」

「バカ者！」

八神が怒号を発した。鮫島も顔色を変えて詰め寄る。

「日が重なっていても、先生が読書会に出席したという証拠はないでしょう。だれかが証言しただけなら、勘ちがいだと反論できるじゃないですか」

「それが、その、読書会を主宰している地元の作家が、参加者の発言をメモ書きで記録していたのです。そこに私の発言も書かれているので、認めざるを得なかったのです」

鮫島が露骨なため息をついた。八神が怒りを抑えきれないようすで声を震わせる。

「君な、もしもこの話がマスコミに出たら、どうなるのかわかっているのか。君の将来なんてどうでもいい。これまで多大な貢献をしてくれているタウロス・ジャパンさんにも大いに迷惑がかかるんだぞ。私だって痛くもない腹を探られて、不適切な金銭授受とか騒がれる危険性もある。わかっているのか」

「申し訳ございません。まさかこんなことになるとは思いもよりませんで」

堂之上は重ねて土下座をし、そのまま畳に這いつくばった。

「まったく、君の脇の甘さにはあきれるよ。そんな火種を抱えている人間を重要なポストに推すわけにはいかないからな。前に話していた芦屋医科大学の件は、なかったことにしてもらう」

「そんな。今さら梯子《はしご》をはずされたら、私はいったいどうすれば」

「知らんよ。介護施設にでも拾ってもらうんだな。君のような目先の利かん医者は、開業しても流行《はや》らんだろうからな」

堂之上が泣きそうな顔で八神を見上げていると、鮫島がそれを無視して八神に言った。

「善後策を考えないといけませんな。架空講演については、弊社としてはとにかくきっちり講演していただいていたという認識で通すことにいたします。届け出た日付にまちがいがあったとか、読書会への参加のあとに講演をしていただいたとか、何とでも言いつくろえるでしょう」

言い終わってから「堂之上先生もそのつもりでお願いしますよ」と、冷ややかに告げた。

「まったく、何という不愉快な話だ。君のおかげでせっかくのシナリオも台無しじゃないか。いつまでそこにいるつもりなんだ。さっさと帰れ」

八神は怒りのあまり、杯を取って中の酒を堂之上に浴びせかけた。さすがに怒りが込み上げたが、堂之上はにらみ返すこともできず、そのまま後ずさるようにして部屋を出た。

「もうお帰りですか」

雰囲気を察して廊下で控えていた仲居が、堂之上に声をかけた。それを無視して、荒々しく出口に向かう。堂之上の胸には、屈辱と後悔と先行きへの不安が深海のヘドロのように渦巻いていた。

＊

「それにしても、よくもまあタイムリミットに間に合ったものだな」

近畿厚生局でのヒアリングの翌日、全体ミーティングで、紀尾中が牧の活躍を改めてほめた。

「運がよかっただけですよ。所長がいつもおっしゃるように、最後まであきらめなかったのがよかったんです」

牧は謙遜し、たしかに今回の任務は綱渡りだったと思い返した。

…………

堂之上の書類データをＰＤＦで送ったあとも、看護師の本村は申請書類に不備はないかと調べてくれていたらしい。そこで講演が日曜日に多いことに気づき、同時に、以前、堂之上が毎月最終日曜日に、地元の読書会に参加していると話していたのを思い出した。書類を確認すると、何度か月の最終日曜日にも講演が入っていた。しかも、講演場所は東京や福岡になっている。本村は翌日、何食わぬ顔で堂之上から読書会の主宰者が豊中市に住む同人雑誌作家であることを聞き出し、夜に牧に連絡してきてくれたのだった。

それがヒアリングの前日で、牧は翌朝いちばんに紀尾中に報告し、全体ミーティングのあと、読書会が開かれる豊中市立千里《せんり》図書館に向かった。読書会のことを聞きたいと主宰者の連絡先を聞き出し、面会を申し込むと、七十代の作家は突然の申し込みにもかかわらず、快く応じてくれた。さすがにいきなり堂之上の出欠を知りたいとは言い出せず、読書会のテーマ本のことなどを訊ねると、作家がノートを取り出して、記録を調べた。見せてもらうと、見開きのページに参加者の名前と発言が記録されていた。

「おもしろそうですね。私も参加してみたくなりましたよ」

確証を得た喜びのあまり、牧は心にもないお世辞を言った。

「参考にしたいので、ちょっと写真に撮らせてもらっていいですか」

作家は意味がわからないという顔をしたが、拒絶はしなかった。牧は堂之上が東京で講演したはずの日の記録を開き、スマホで撮影した。

その時点で正午を十分ほど過ぎていた。堺の営業所にもどる時間はないので、そのまま阪都大学病院に行き、紀尾中と中条に合流した。

堂之上は最初、横柄に構えていたが、牧が書き出した昨年度の講演の記録を紀尾中が差し出すと、顔色が変わった。架空講演の有無を聞くと、「これは何かのまちがいで」と声を震わせた。

牧が読書会の記録を写した画像を見せ、毎報新聞の記者がこの件について興味を持っていると告げると、堂之上は陥落した。

「今回のコンプライアンス違反は、タウロス・ジャパンから頼まれたことですね。問題のある資料をわざと我々に送らず、チェックを受けたものとして講演で発表する。そして、厚労省に対して、弊社が意図的にコンプライアンス違反を犯したように見せかけるつもりだったんでしょう」

紀尾中の追及に、堂之上は肩を落としてうなずいた。これで堂之上も終わりだ。この策謀がメディアに出れば、当然、タウロス・ジャパンも激しい非難にさらされるだろう。牧はそう思ったが、紀尾中の判断はちがった。

「タウロス・ジャパンとのことは不問に付します。堂之上先生はあくまで自分のケアレスミスだったと証言してください。いいですね」

堂之上は実刑判決が突然、執行猶予付きに変わった被告人のように瞬きを繰り返した。

…………

「今回のことを、どうしてメディアに流さないんですか。大スキャンダルじゃないですか」

ミーティングの席で、池野がみんなを代表するように紀尾中に訊ねた。

「損して得取れというのは、池野君の十八番だろう。ここで堂之上先生を追い落とすより、恩を売っておいたほうがいいんだ。そうすれば、思いがけないところで、我々の味方になってくれるかもしれない。逆にことを公にしたら、タウロス・ジャパンの鮫島が必死に防戦に出てくる。あいつのことだから、面倒な戦略を繰り出さないともかぎらない。この件はうちの被害がゼロであればそれでいいんだ」

肥後がやはりみんなの気持を代弁するように訊ねた。

「ほんで、大阪支店長の田野さんには報告しはったんですか」

「ヒアリングのすぐあとに電話しました。詳しい経緯は話さず、堂之上先生のケアレスミスということにしましたから、単純にあきれてましたよ。どうせそんなことだろうと思っていたとか言ってね。最初は会社倒産の危機みたいに取り乱していたけれど」

紀尾中が頬を歪めて笑うと、みんなも同じように失笑した。目が上向きにしかついていない田野のヒラメぶりは、全員の共通認識らしかった。

21　謎の論文

　堂之上のコンプライアンス違反の件が片付くと、堺営業所はふだん通りの業務にもどった。その日の打ち合わせがすみ、池野と野々村が外まわりに出たあと、市橋が山田麻弥に話しかけるのが、牧の耳に入った。

「バスター5のガイドライン収載は有望みたいだけど、なんとなく空しいものを感じるんですよね。MRとしてのやり甲斐と言うか、役割は何なんだろうって思いませんか」

　山田麻弥の露骨なため息が聞こえた。このままだとまた市橋がやり込められる。彼は無自覚のまま、彼女に甘えているのだろうか。そう思ったが、放っておけず、牧は椅子を回転させて二人に向き合った。

「市橋君は、どうして急にそんなことを言いだしたの」

「医者や看護師は患者さんから感謝されるけど、MRにはないでしょう。感謝されたくてMRになったわけじゃないけど、やっぱり空しいというか、やり甲斐が感じられなくて」

「市橋君。物事にはね、順序があるの。MRの本分はまず薬を売ることよ。感謝とかやり甲斐とかは、それが達成されてから考えることよ」

　山田麻弥が決めつけると、市橋は暗い顔で牧に言った。

「この前、製薬業界を批判した本を読んだら、MRは医者に媚《こび》を売って、自社の薬を処方してもらうことしか考えないと書いてありました。他社の薬のほうがよくても、高額な弁当などで医者を買収して、自社の薬を使うように仕向ける。それで割を食うのは患者だというのです。感謝されるどころか、そんな目で見られてるんですよ」

「気にすることないわよ。どうせ世間におもねった暴露本でしょう」

「ちゃんとした新書です。それに、他社の薬のほうがよくても、MRが自社の薬を薦めるのは事実でしょう」

「そんなの、どの業界だって同じよ。新聞社でも、他紙のほうが情報が豊富でも、自社の新聞を購読させようとするし、レストランでも出版社でも旅行会社でも、ほかにいいところがあっても、自分のところに客を呼び込むじゃない」

「だけど薬は病気の治療に関わるんですよ。そんな自社ファーストでいいんですか」

　山田麻弥の目に発作的な怒りが浮かんだのを見て、牧が割って入った。

「たしかに、医療は患者ファーストでなきゃいけないし、所長がいつも言うように、製薬会社もそうあるべきだろうね。だけど、理想と現実のちがいもあるから」

少しは山田麻弥にも配慮したつもりだったが、彼女は硬い表情を解かなかった。

市橋がつぶやくように続ける。

「僕は紀尾中所長にも、不自然なものを感じるんです。あの人の目はいつも笑っているようだけど、あれは医者に心の内を悟られないようにしているうちに、無理して固まったMRの目じゃないですか」

「へえ、市橋君にしちゃ面白いことを言うじゃない」

山田麻弥が苛立ち半分の茶々を入れる。牧は簡単に同意するわけにはいかない。

「私は別に不自然とは思わないけどね。元々の顔立ちじゃないか」

「でも、MRは医者の前ではどんなことがあっても、不機嫌な顔はできないでしょう。怒鳴られても、無視されても、穏やかな笑みを消せない。そんな笑顔はふつうじゃないですよ」

市橋の悩みは、MRの存在意義に関わることのようだった。

牧自身、下の娘を含め、家族性高コレステロール血症の患者として、医者には感謝している。だが、MRにまで感謝しているとは言い難い。薬のおかげで自分も娘も安全に暮らせているのだから、製薬会社には感謝しなければと思うが、医者や看護師に感じる気持と比べるとはるかに曖昧だ。

沈黙していると、山田麻弥が議論はこれまでとばかりに立ち上がった。

「ごちゃごちゃ言ったって、MRとして成績を挙げられなけりゃ、やり甲斐もへったくれもないわ。頑張ったら、結果はあとからついてくるものよ」

たしかにそうかもしれない。牧は後輩に教えられる思いで、自分の机にもどった。

*

紀尾中の電話に外線が入ったのは、同じ日の午後三時すぎだった。相手は東京の杉並総合病院の院長、城戸《きど》である。

「城戸先生、ご無沙汰しております。大阪ではお世話になりました」

城戸は四年前に市立天王寺《てんのうじ》大学の教授を退官し、東京に移ったのだった。紀尾中は八年前、阿倍野《あべの》の営業所にいたときに、城戸と良好な関係を築いていた。

「僕は今、『リピッド・ジャーナル』の編集委員をやっているんだが、ちょっと気になる論文を見たので、君に報《しら》せておこうと思って」

「リピッド・ジャーナル」は、高脂血症分野の学術専門誌で、代謝内科領域では注目度の高い雑誌である。

「北摂大学の八神先生が出してきた論文なんだが、タイトルが『高コレステロール血症における《トルマチミブ》の脳血管障害抑制について』というんだ。トルマチミブは、タウロス・ジャパンのグリンガだろう」

城戸は八神や乾と同様、高脂血症の診療ガイドラインを作成する合同研究班のメンバーである。

「査読は別の編集委員がやったので、僕は別刷《べつずり》ではじめて知ったんだが、君のところのバスター5にとって、ちょっと都合の悪い論文じゃないのか」

「ありがとうございます。別刷になっているということは、『リピッド・ジャーナル』への掲載は決まっているということですね。恐れ入りますが、その別刷を拝見することは可能でしょうか」

「そのつもりで電話したんだ。PDFで送ればいいね」

「よろしくお願いいたします」

電話を切って間もなく、問題の別刷が送られてきた。ファイルを開くと、八神が筆頭著者になっている論文が現れた。著者には韓国人らしい研究者も数名、名を連ねている。

論文の元になった研究には、治験のタイトル『Tormatimibe Suppression Effect for Cerebrovascular events in patients with hypercholesterolemia following the treatment with Tormatimibe』から、『T－SECT《セクト》』という略称がつけられていた。

内容は、高コレステロール血症の患者を無作為に二群に分け、グリンガを服用したグループと、従来の治療薬のグループを比較して、三年間追跡したところ、グリンガのグループで脳血管障害が有意に抑えられたというものだった。グリンガの承認は今年の三月だったから、T－SECTは承認前から行われたことになる。

登録患者数は五百八十六人。治療とデータの収集は韓国で行われ、分析と統計処理が日本で行われたようだ。いずれにせよ、T－SECTは立派な大規模ランダム化比較試験である。この論文が公になれば、バスター5にとっては大きな脅威となる。

紀尾中は論文の別刷をプリントアウトして、三人のチーフMRを呼び寄せた。

「北摂大の八神先生がグリンガに関する論文を発表するらしい。これがその別刷だ」

概要を話すと池野が素早く反応した。

「これまでスタチン系でも非スタチン系でも、単独では脳血管障害の抑制効果は明らかでなかったのに、グリンガで脳卒中が抑えられるというのは、ちょっと信じがたいです」

「そやけどこのT－SECTちゅう治験では、きっちり有意差が出とるで。しかも、大規模ランダム化比較試験やからな」

肥後の牽制を無視して、池野が続けた。

「八神先生とタウロス・ジャパンがズブズブの関係なのは周知の事実ですし、この治験もグリンガの宣伝を目的にしていて、明らかに利益相反ですよ」

紀尾中もそう思う。だが、証拠がない。

「論文にはタウロス・ジャパンとの関わりがいっさい書かれていない。しかも、日韓の共同研究グループによる治験ということになっている」

「その日韓というのが怪しいじゃないですか。国内だと不正がバレやすいから、わざわざ韓国でデータを集めたんですよ」

しかし、それだけでは不正と断じられない。肥後がお決まりのコースというように口をはさんだ。

「問題はカネの出所ですな。タウロス・ジャパンが関わってるのに、そのことが明記されてなかったら、利益相反のコンプライアンス違反や」

「研究助成金を出したのはＪＨＲＧ（Japan Hyperlipidemia Research Group＝日本高脂血症研究グループ）という一般社団法人と、韓国側はＫＤＲ（Korean Dyslipidemia Researchers＝韓国脂質代謝異常症研究者）という団体になっている。池野君、この団体は知っているか」

池野はスマートフォンで検索しながら答える。

「ＪＨＲＧは八神先生が四年前に設立した団体です。高脂血症の専門家が理事になっていますが、実態は八神先生の取り巻きグループです」

「タウロス・ジャパンとは関係ないのか」

「寄附金とか資金提供があれば、事業報告書に明記されるはずですが、見当たりません」

「KDRのほうは」

「待ってください。……グーグルでもヤフーでもヒットしません」

肥後がやっぱりというようにあきれる。

「今どきネットで見つからん団体なんてあり得へんやろ。怪しいにおいがプンプンするで」

「韓国に行って調べてみるべきじゃないですか」

池野が言うと、ようやく別刷を読み終えたらしい殿村がしゃべりだした。

「韓国と言えば、埼玉県の高麗《こま》神社をご存じですか。六六八年に高句麗《こうくり》が唐と新羅《しらぎ》に滅ぼされたあと、亡命してきた渡来人を朝廷が武蔵国《むさしのくに》に移住させたんです。そこが高麗郡で、高麗神社は初代の郡の長官に任命された高麗若光《こまのじゃっこう》を祭っています」

それがどうしたという顔で、池野と肥後が殿村を見る。殿村は平然と続ける。

「私は五年前、高麗神社のイベントで、琵琶の演奏をしたことがあるんです。そのときは韓国の大使夫妻も列席して、大いに日韓友好で盛り上がりました」

「だから、殿村君が韓国に行って調べてくれるということか」

紀尾中がかなり深読みをして聞くと、殿村は晴れ晴れした顔で、「はい」と答えた。

池野が不審そうに聞く。

「でも、殿村さん。韓国語はできるんですか」

「いや、できるのは琵琶で高麗若光の伝説を語ることですが」

肥後が首を傾げる。

「それは日本語やろ。向こうの人にわかるんかいな」

「琵琶の楽曲は万国共通です」

二人は顔を見合わせたが、紀尾中は苛立ちもせず言った。

「韓国出張の件は、もう少し調査を進めてからでいいだろう。私はまず岡部先生のところに相談に行ってくる」


一時間後、阪都大学病院の研究棟にある教授室に行くと、岡部は紀尾中の顔を見るなり、後頭部を二度叩いた。

「いや、堂之上君の件は申し訳なかった。穏便にすませてもらって感謝しているよ。私も管理責任を問われかねないところだったからな。セミナーの共催の件といい、君には合わせる顔がない」

「めっそうもない。私どものほうこそ、岡部先生にはいつもお世話になり、感謝しております」

挨拶代わりのやり取りを切り上げて、紀尾中は本題に入った。

「この論文なんですが、岡部先生はご存じでしたか」

別刷を見せると、岡部は脂気の抜けた顔で唇を歪めた。

「T－SECTだろ。話には聞いているけれど、この論文はどうもね」

「何か問題があるのでしょうか」

「そうは言わないが、ちょっとグリンガに都合がよすぎる気がするね」

やはり追及の余地はあるのか。紀尾中は岡部の反応に力を得て訊ねた。

「日韓共同研究というのは、何か理由があるのでしょうか。国内でデータを採るほうが手間も省けると思うのですが」

「他国との共同研究は珍しいことでもないよ。八神先生は何かしら経緯があって、韓国との共同研究に踏み切ったんじゃないか」

やはり、理由があるらしい。

「弊社は今、バスター5のガイドライン収載に向けて、社を挙げて取り組んでおります。先生のところの守谷准教授にお願いしているメタ分析の論文も、強力な追い風になると考えております。ガイドラインの改訂は来年の六月ですね。この論文はどれほど影響があるでしょうか」

「乾先生は論文重視だから、敵対する八神先生の論文でも、内容がよければ評価されるだろうな」

「『リピッド・ジャーナル』への掲載は、インパクトがあるということですか」

「それだけですめばいいが、八神先生のことだから、もっと派手な舞台での発表を考えているんじゃないか」

岡部が想定しているのは、来年四月に開かれる日本代謝内科学会総会だろう。次回の開催地は大阪の予定だ。学会長は乾である。自らのお膝元で華々しい論文が発表されれば、乾もガイドラインに反映せざるを得ないだろう。

紀尾中は危機感を募らせて、岡部の教授室をあとにした。


そのまま営業所にもどりかけたが、ふと思いついて北摂大学の八神に電話で面会を申し入れた。突然の依頼だったが、八神は意外にすんなり受け入れてくれた。

北摂大学は阪都大学病院から車で行けば二十分もかからない。それでも午後五時を過ぎていたので、紀尾中は駐車場に車を停めたあと、急ぎ足で八神の教授室に向かった。

「天保薬品の紀尾中でございます。突然のお願いにもかかわらず、面会のご許可をいただき、誠にありがとうございます」

八神は肘掛け椅子にふんぞり返り、トレードマークのナポレオンカラーの白衣の襟をもったいぶった手つきで撫でた。

「この前の学術セミナーでは世話になったな。本の販売の件は、僕も少々取り乱して大人げなかった。許してくれたまえよ」

口先だけの謝罪をしながら、八神はいたぶるような目で紀尾中にソファを勧めた。

「セミナーのあと、何やら問題もあったようだが、うまく切り抜けたそうじゃないか。天保薬品もなかなかやるな」

声に苛立ちがにじんでいる。堂之上のコンプライアンス違反には、八神も一枚嚙んでいたのだろう。ここは話題を変えたほうがいい。

「そう言えば、八神先生はこの度、還暦をお迎えになったとか。おめでとうございます。ですが、とてもそんなお年には見えません。顔の肌艶など五十代前半と申し上げても十分に通用するかと」

「ベンチャラは言わんでいい。で、今日はどういう用件だ。いやに慌てていたようだが、何か問題でもあったか」

「八神先生は合同研究班の重要メンバーであらせられますので、弊社のバスター5にどのような印象をお持ちなのかと思いまして」

「それが今すぐ会いたいという申し入れの用件か。フフン。バスター5はいい薬だと思っとるよ。コレステロールは生体に必要な物質だから、無闇に下げるのはよくない。それにうまい食い物には、たいていコレステロールがたっぷりだからな」

「弊社といたしましても、少しでも多くの患者さまに使っていただけるよう願っているところでございます。そのためにもガイドラインにはしかるべく収載されますことを、よろしくお願いいたします」

「しかるべくねぇ。それはもちろん、しかるべく記載されるだろう。そのことについて、何か特別な配慮が必要ということかな」

八神の口ぶりは明らかに〝特別な配慮〟を強調していた。紀尾中は相手の機嫌を損ねないよう注意しながら答えた。

「配慮と申しますか、バスター5に関して、何かご不明な点がございましたら、いつでも説明させていただきますので、何なりとお申し付けください」

「別に不明な点はないよ」

八神はそっけなく答えた。それだけでは足りないように白々しく続ける。

「ガイドラインは全国の医師が参考にするからね。僕はバスター5を評価しているが、さらに有効な薬があれば、そちらを優先しなければならない。当然のことだろう」

「タウロス・ジャパンさんのグリンガのことでしょうか」

「さあな。僕も合同研究班の一員として、迂闊なことを言えんのでね」

「実は、あるところから八神先生が筆頭著者の論文の別刷を入手いたしました」

コピーを差し出すと、八神はチラと見て歪んだ笑いを浮かべた。

「まだ公表されてないものを持ち出すのは、問題じゃないかね」

「申し訳ございません」

紀尾中は形だけ頭を下げ、勝負に出るつもりで低く続けた。

「この論文について、うかがいたいことがございます。日本の薬の治験なのに、なぜ韓国でデータを採られたのですか」

「答える義務はないね。まさか論文にケチでもつけようというのか」

「めっそうもない。私どもとしましては、この論文が弊社にとって由々しき事態を招きかねないと受け止めておりますので、いくつかの疑問点につきまして、ご教示いただければと思った次第でございます」

率直な返答が功を奏したのか、八神はわずかにそれまでの頑なさを緩めた。

「まあ、この論文はバスター5にとっては脅威だろうな。別に隠すこともない。治験を韓国でやったのは、先方から依頼があったからだよ」

「先方と申しますと」

「論文にも名前が出ているヒュンスン・メディカルセンターのカン・チャンギュ院長だ。カン院長とは旧知の仲でね。彼がグリンガに興味を持って、ぜひ自分の病院で治験をさせてほしいと言ってきたので、タウロス・ジャパンに取り次いだんだ。そしたらカン院長のほうから共同研究という形にして、データの解析を僕に頼んできた」

「なるほど」

紀尾中はいったん納得するそぶりで、次の質問をした。

「登録患者数が五百八十六人となっていますが、ひとつの病院でこれだけの高コレステロール血症の患者が集まるものでしょうか」

患者数の水増しを仄めかしたが、八神は平然と答えた。

「ヒュンスン・メディカルセンターは、総ベッド数二六六〇床を誇るソウルきっての大病院だ。一日の外来数も平均で八千四百人を超えておる。三年もかければ、五百人や六百人の患者を集めることなぞ簡単なことだ」

三年かけて集めても、論文にあるように『三年経過を追った』ことにはならない。しかし、そこはスルーして、もっとも重大なことに質問を移した。

「研究助成金ですが、日本側でこれを支出しているＪＨＲＧは、八神先生ご自身が創設された社団法人だとうかがっております。このＪＨＲＧは、その資金をどこから調達されているのでしょうか」

「寄附だよ。ＪＨＲＧは純粋な研究グループだ。利益相反を避けるため、製薬会社や関連企業のカネはいっさい受け取らんことにしている。寄附や助成金の出所は、すべて事業報告書で公開している。それを見れば、ＪＨＲＧが清廉潔白であることは一目瞭然だろう」

たしかに事業報告書は池野がチェックして、タウロス・ジャパンからの寄附がないことは確認していた。

「韓国側のＫＤＲという団体はご存じですか」

「それはカン院長が関わっている団体だ」

「我々が調べたところでは、団体の所在がはっきりしないのですが」

「それは知らんよ。韓国側の治験はすべてヒュンスン・メディカルセンターに任せていたからな。韓国はＮＰＯへの支援が盛んで、事業によってはワンポイントで援助するような団体もあると聞いているが」

どうも嘘くさい。紀尾中が次の一手を考えていると、八神のほうから反撃してきた。

「T－SECTの治験は、韓国の監督官庁である食品医薬品安全処の許可を得た第Ⅲ相試験で、治験審査委員会の承認も受けている。それを色眼鏡で見るのは、韓国に対する偏見じゃないのか」

「そんなつもりは毛頭ございません。ただ、韓国でデータが集められたことが異例ではないかと」

「それを偏見だと言うんだ。今は多国間での治験は珍しいことではないし、日本も欧米ばかりに目を向けてはいられない。無闇に韓国との共同研究を疑うことは、日韓関係にも悪影響を及ぼすんじゃないのかね」

紀尾中が畏まってみせると、八神は満足そうに椅子に身体を預けた。腫れぼったい目が糸のように細まり、視線が自らの膨らんだ腹に落ちる。

「君はさっき、僕のことを還暦に見えないと言ったが、ほんとうにそう思うのかね」

「もちろんでございます。先生は年齢よりずいぶんお若く見えます」

「嘘をつくな。医者である僕にはわかる。六十歳は六十歳だ。人間の品種改良が行われたわけでもないのに、特別な力が湧くわけがない。見ろ、この手を」

肘掛けから腕を上げ、自分の手の甲をしげしげと見つめる。

「老人の手だ。色素が沈着し、静脈が浮き出て、細かい皺が無数に寄っている。いつの間にこんな手になったのか」

戸惑う紀尾中に、八神の視線がゆっくり流れた。

「それに引き換え、君の皮膚の艶やかなことはどうだ。細胞の躍動さえ感じられる。君はタウロス・ジャパンの鮫島と同い年らしいな。鮫島は君のことを理想主義者と言っておったぞ」

「面と向かっても言われました」

「――羨ましいんだろうな」

なぜ八神は鮫島などを引き合いに出すのか。

八神はふいに我に返ったように椅子から身を起こし、冷ややかに言った。

「用件がすんだのならさっさと帰りたまえ。僕はまだしなきゃならんことが山積みなんだ」

「申し訳ございません」

ていねいに頭を下げたが、八神は苛立ったようすで目を背け、紀尾中が出て行くのを見送ろうともしなかった。


（下巻につづく）

＊本作はフィクションであり、実在の人物、団体等とはいっさい関係ありません。
＊薬名は初出時に〈〉をつけたものは実在し、《》をつけたものは架空です。

この作品は二〇二一年四月小社より刊行されたものを
文庫化にあたり二分冊したものです。

MR（上）

久坂部羊《くさかべよう》

令和5年4月10日　初版発行
令和5年4月20日　2版発行

発行人――石原正康
編集人――高部真人
発行所――株式会社幻冬舎
〒151-0051東京都渋谷区千駄ヶ谷4-9-7
電話　03（5411）6222（営業）
　　　03（5411）6211（編集）
公式HP　https://www.gentosha.co.jp/
印刷・製本―中央精版印刷株式会社
装丁者――高橋雅之

幻冬舎文庫

ISBN978-4-344-43285-7　C0193　く-7-10

この本に関するご意見・ご感想は、下記アンケートフォームからお寄せください。
https://www.gentosha.co.jp/e/